숨겨진 행복

숨겨진 행복

초판 1쇄 발행 2025년 5월 20일

지은이 | 남춘길
만든이 | 이한나
펴낸이 | 이영규
펴낸곳 | 도서출판 그린아이

등록 연월일 | 2003. 12. 02.
등록 번호 | 제2-3893호
주소 | 서울특별시 은평구 녹번로 6-11, 201호
전화 | 02)355-3035 팩스 | 031)965-4679
이메일 | gmh2269@hanmail.net

ISBN 979-11-91376-49-4(03810)

숨겨진 행복

남춘길 에세이

그린아이

빛을 열어 싹을 틔우고 싶다

입춘이 지난 2월이다.

씨앗들과 녹슨 호미를 찾아내 흙을 고르는 마음으로 두 번째 수필집을 준비한다. 그동안 몇몇 문학지에 발표했던 글과 미발표한 글들도 합하여 걱정 반 설렘 반으로 묶게 되었다.

나이든 후에 뒤늦게 시작한 글쓰기는 아직도 서툴고 한없이 미숙하여 잘 쓰고 싶은 마음만 철없이 부풀어 오른다. 글은 쓸수록 어렵게 느껴지고 초라한 글솜씨로 주눅드는 내 자신을 기도로 다독여 본다.

혼탁한 내 영혼도, 거친 마음도 맑은 물로 헹구어 빛을 열어 싹을 틔워내어 흰눈밭 아래에서도 돋아 오르는 푸른 새싹 같은 청량한 글을 쓰고 싶다. 그래서 내 글을 읽어줄 독자들이 위로 받고 마음이 평안해졌으면, 고개를 끄덕이며 공감해 주었으면 하는 욕심도 품어본다.

아직 머물고 있는 겨울 햇살이 품고 있을 연둣빛 바람을 마중하면서 책을 낼 수 있도록 허락하신 하나님께 감사드린다.

바쁜 일정에도 해설을 써주신 한국수필가협회 최원현 명예이사장님, 늘 따뜻한 조언으로 격려해 주시고 추천사를 써주신 스승 김지원 목사님, 두 분께 깊은 감사를 드린다.

　항상 내 삶의 든든한 울타리가 되어 힘이 되는 남편과 엄마의 글쓰기에 세심한 배려로 상쾌한 박수를 보내주는 예리, 다영에게 진정한 감사를, 소녀에서 성인으로 성장하는 손녀 하린에게 험한 세상 앞에 서 있더라도 이겨내리라 믿으며 기도와 격려와 응원의 박수를 보낸다. 책을 출판할 때마다 고모의 책이 세상에 나온 것을 가장 기뻐해 주는 화진에게, 이모 책의 제일의 독자가 되어주는 혜지, 혜령에게 따뜻한 감사를 전한다.

　정성을 다하여 책을 만들어 주신 도서출판 그린아이의 대표 이영규 장로님께 감사드리며, 책을 출간할 때마다 표지 디자인을 해준 예리에게도 감사 가득한 마음을 보낸다.

2025년 2월
우학 **남춘길**

김지원

시인, 전 한국크리스천문학가협회장

    남춘길 수필가의 두 번째 수필집을 선보인다.

    시인이자 수필가로서 이미 두 권의 시집과 수필집을 연전 세상에 내놓았을 뿐만 아니라 『감사의 향기로 나를 채우다』라는 5인 수필집은 낙양의 지가를 올리기도 하였으니 더 의미가 크다.

    먼저는 수필로 등단하였고 연이어 시가 신인상에 당선되어 등단하였으니, 산문과 운문의 경계를 아우르고 있다고나 할까.

    그의 글은 따뜻하다.

    특별히 그의 작품에 그가 가진 신앙을 부러 연관시키지 않더라도 감사라든지 기쁨, 섬김, 그리고 고난을 이기는 삶의 생명력 등이 작품의 밑바탕에 깔려 있는 것이 특징이다.

    그래서일까, 이번에 상재하는 『숨겨진 행복』이라는 수필집도 이와 맥을 같이하고 있다. 같은 이미지들이 그림으로 그려져 있다는 뜻이다.

이와 같이 그는 자칫 놓치기 쉬운 주변의 작은 것들도 소홀하지 않고 삶의 의미와 연결시키는 작업에 천착穿鑿하고 있다.

예를 들면, 어느 날 문득 보내온 지인의 한 줄 카톡 문자를 보고도 행복을 느낀다든지 새로 산 그릇을 보고, 또는 마당에 피어 있는 채송화 한 송이를 보고도 행복을 느낀다는 사실은 그가 행복 바이러스의 전도사임을 자처한 부분이기도 하다.

그뿐 아니라 그의 작품 중에는 자녀가 자라서 초등학교에 입학할 때는 대견스러움과 감사함에 온몸이 전율할 만큼 행복을 느꼈던 순간이었다고 고백하고도 있으니 말이다.

그의 글의 바탕을 이루고 있는 또 다른 한 가지는 긍정의 미학이다. 어려운 역경을 당한다 할지라도 '~때문에'라는 원망과 불평의 자세보다는 '~덕분에'라는 감사로 환경을 밝게 바꾸는 것이 그가 생각하는 행복이고 살맛 나게 하는 세상이라고나 할까.

특별히 수필 「아보카도 익히기」에서는 사랑의 힘이 얼마나 크고 위대한가를 보여주기도 한다. 예를 들어 아보카도를 숙성 시킬 때는 하나보다는 두 개를 함께 넣어야 더 빨리 숙성되는데 이는 쌍둥이 조산아가 인큐베이터 안에 홀로 있을 때에 비해 함께 있을 때 더 건강하게 자란다는 이야기와 연결하여 사랑의 힘을 자연스럽게 대비시키고 있다.

그 밖에 글감으로는 어머니에 대한 추억이거나 고향, 그리고 학창시절 이야기를 담고 있다. 또한 잊혀가는 것들에 대한 그리움이며 귀기울여 듣지 않고는 들리지 않는 작은 소리부터, 너무 작아서 지나쳐 버리기 쉬운 평범한 것들에 대한 것까지이다. 그런데 작가는 이 평범할 수밖에 없는 이야기들을 통하여 삶이란 숨겨진 행복을 찾아가는 과정이라는 것을 말해주고 있다.

그의 글은 밝고 희망적이다.

단순히 기억의 저편에 있던 것들을 끌어내 나열하거나 지루한 여행의 시간표 짜기를 벗어나 감사의 문을 여는 긍정적이고 밝은 내일로 가는 따뜻한 응시를 보여주고 있다.

이런 이유로 그의 작품은 독자들에게 사랑을 받게 될 것이다. 그리고 오래도록 기억될 것이다.

제3부   어머니의 뜨락

제4부 살아가는 이야기

제1부

성숙을 향하여

성숙

성숙의 그릇은
채움이 아니고
비움이다
섬김의 옷을 입고
낮아질 줄 아는
한 줌 맑은 물이다
어둡고 허기진 응달로
찾아든
한 줄기 햇살이다.

말 잘 하는 사람, 말 잘 들어주는 사람

말을 많이 한 날은 후회가 많다.

말을 많이 하게 되면 필요한 말 외에 쓸데없는 말을 많이 하게 된다.

용건을 벗어나 옆길로 새서 이 말 저 말 하다 보면 악의 없이도 남의 말을 하게 되고 결국에는 뒷담화, 남의 단점을 들추어내게 되는 경우가 많다.

원래 말이 많은 사람은 실속이 없다. 아는 척 잘난 척 하는 사람이 쏟아낸 말은 아무리 달변이라 해도 지식이 많은 사람은 될지언정 별로 호감은 가지 않는다. 겸손을 잃어버린 하수의 태도라고나 할까. 『대화의 기술』이라는 책에서 읽은 내용인데, 상대방을 존중하는 위치에 서려면 절대 말을 많이 해서는 안되고 조용히 들어주는 태도를 취하는 사람이 지혜롭고 덕을 겸비한 인격체라는 사실이다.

오래전에 상담심리 공부를 한 적이 있다. 2년 정도 열심을 내어 공부를 했는데 먼저는 이론을, 나중엔 현장실습, 미술치료에 이르기까지 그때 가르침을 준 교수님들이 강조한 내용도 듣기의 중요성이었다. 내담자와 상담을 할 때 상담자가 정답을 이야기하는 것은 절대로 금해야 할 태도였다. 고민과 아픔을 안고 찾아오는 이들이지만 대부분 그들도 정답을 알고 있으며 자신의 답답한 속마음을 들어줄 사람이 필요했던 것이다. 내담자의 편이 돼서 억울함에 함께 분노하며 공감대를 형성해 주면 일단 내담자의 아픔은 치유의 길에 들어선다. 그 후에 따뜻한 마음으로 함께 그 문제를 풀어 나가는 수순을 따라가려면 들어주는 것만으로도 한 영혼의 진정한 위로가 이루어진다는 것을 깨우쳤었다. 처음 실습에 들어갔을 때는 자꾸만 내담자의 말을 끊고 옳다고 생각되는 내 의견이 불쑥불쑥 튀어나왔다. 아이들을 키우면서 무수히 범한 실수가 떠올라 아주 많은 반성과 후회를 불러왔었다.

　상담 공부를 하면서 처음 뼈저리게 느낀 것은 젊은 날 이 공부를 했더라면 아이들을 훨씬 잘 키웠을 것이라는 뒤늦은 후회였다. 잘 키운다는 것은 아이들을 사회적으로 성공시킨다는 뜻보다는 아이들도 엄마인 나도 따스하게 서로를 이해하고 보듬을 줄 아는 행복한 날들을 만드는 것을 의미한다. 처음 해보는 엄마노릇은 서투름뿐이어서 아이들의 의견보다는 내 생각대로 결정하고 행동한 적이 너무 많았다. 초등학교 저학년이라도 사회생활이나 친구, 선생님과의 인간관계가 늘어날수록 힘들어지는 경쟁사회에서 아이가 받을 스트레스를 이해하려면 어떤 걱정거리 앞에서도 아이가 엄마에게 이야기만 하면 다 들어주며 위로받을 수 있다고 생각되는 엄마가 되어주었어야 했다. 나는 들어주는 엄마가 되기보다는, '호강에 겨워서, 뭐가 문제람.' 이런 마음이었다.

갈등이 심한 부부가 있었는데 말이 많은 남편의 심한 잔소리가 부부 갈등의 원인이었다. 나이가 들면서 잔소리는 점점 심해지고 까칠해져서 더 이상 참을 수 없는 상황까지 와버렸다. 그 잔소리가 틀린 말은 아니지만 지긋지긋했다. 아내는 이혼만은 피해 보려고 정신과 상담을 다녔으나 효과가 없었다. 아내는 나이 지긋하고 지혜가 많다는 의사를 수소문해 상담을 받았다.

"도저히 남편하고는 결혼생활을 계속할 수가 없습니다."

그러자 의사는 정신을 안정시킨다는 샘물을 추천해 주면서

"열심히 드십시오. 특별히 남편의 잔소리가 시작되면 물을 입 안에 가득히 머금고 계십시오. 빨리 삼키거나 뱉으면 안 됩니다." 라고 하였다.

몇 달 후 그 부인은 밝은 얼굴로 의사에게 와서 말했다.

"선생님, 그 샘물이 기막히게 약효가 좋습니다. 남편도 변했고 저도 이제는 그 사람이 밉지 않습니다."

두 사람의 갈등이 치유된 원인은 무엇이었을까.

숨겨진 행복

'엄마, 괜찮아? 퇴근 후에 잠깐 집에 들러 갈게요.'

백내장 수술 후 퇴원한 엄마에게 온 딸들의 문자다.

백내장 수술은 위험이 따르는 큰 수술은 아니다. 그러나 작은 수술이라도 순조롭지 못하면 두려운 상황이 되고 몸과 마음이 다 힘이 들게 마련이다. 수술 후 어떤 경로로 세균이 침입했는지 모르지만 오른쪽 눈에 염증이 보였다. 백내장 수술 후 가장 염려되는 증세가 염증이 생기는 것이다. 눈이 잘못되는 것이 아닌가 하는 방정맞은 생각까지 들면서 마음고생을 했었다. 퇴원 날짜가 미루어지긴 했지만 치료가 잘 되었고 감사를 쌓을 수 있는 값진 시간이 되어주었다.

'권사님, 많이 힘드셨죠? 잘 회복되신 거 감사합니다.'

기도로 힘이 되어준 교우들의 애정 어린 문자다. 축복과 행운의 네잎클로버 영상과 함께….

미소를 머금고 문자를 읽으며 마음이 따뜻해졌다. 주어진 내 몫의 삶에서 행복을 찾아가는 것, 알아가는 것이 행복의 참뜻이라고 깨닫는 시간이었다.

많은 것을 갖지 못했어도, 특별히 신나는 일이 없어도 비교의 늪에 빠지지만 않는다면 평범하고 소박한 일상이 주는 감사함이 곧 행복이라는 걸 알게 되었다.

많은 사람들이 행복해지려고 돈도 많이 벌고자 하고 출세도 하고 싶어 한다. 자식들 좋은 학교 보내려 극성을 떨고 자신의 주관도 없이 아이들의 꿈을 살필 겨를도, 대화를 나누는 소통도 없이 남을 따라하는 어리석음을 범하면서 살아가고 있다. 부를 쌓으면 고급스러운 저택에서 비싸고 좋은 영양가 있는 음식을 먹고 값비싼 외제 차를 타고 화려하고 값나가는 명품 옷으로 치장하고. 남들의 눈에 비친 모습은 행복해 보일지 몰라도 설익은 교만으로 영혼은 녹슬어가는 인생을 살아갈 것이다.

조그만 일에도 감사하는 마음을 갖는다면 그것이 행복을 쌓아가는 길일 것이다. 젊은 날 살림을 늘려갈 때 갖고 싶었던 그릇을 새로 장만한 것만으로도 기뻐 그릇장 안에 새로 산 그릇들의 자리를 이리저리 옮겨보기도 하고 바라보고 만져보고 했었다. 처음 집을 마련했을 때 마당 한쪽에 큼직한 돌들을 주워다가 화단을 만들고 푸른 잎의 나무를 심던 날, 그리고 채송화가 오색찬란한 색으로 피어나던 날 그 기쁨은 말로 다 표현할 수 없이 마음을 설레게 했었다. 큰아이가 자라서 초등학교에 입학하던 날 명문 대학 입학식에라도 참석한 듯 온몸에 전율이 일어날 만큼 감격스러웠다.

그런 순간순간이 곧 행복이라는 것을 그때는 몰랐었다. 나이가 들고 믿음이 자라면서 감사할 줄 아는 영혼만이 행복의 향기도 마실 수 있다는 사실을 터득한 것이다.

행복을 느낄 수 있는 것도 능력이라는 글을 읽은 적이 있다. 그때는 무슨 뜻인가 했었는데 감사할 줄 아는 영혼을 지닐 수 있어야만 행복할 수 있다는 의미였던 것 같다. 나와 내 가족의 일뿐만 아니라 내 이웃에게 좋은 일이 일어나도, 가슴 훈훈한 기사만 읽어도 기쁨이 가득해 마음이 아늑해진다.

누구에겐가 기쁨을 줄 수 있는 생각을 실천한다면 그 또한 행복 바이러스를 전파하는 아름다운 행위가 될 것이다. 나쁜 환경, 불우한 조건 속에서도 어려움을 극복하고 기쁨과 감사의 삶을 살아가는 사람들을 볼 때마다 그들이 찾은 행복은 감사에서 비롯되었다는 것을 깨닫게 된다. 어떤 상황 속에서도 감사할 수 있는 마음을 갖고, 하나님의 뜻을 깨닫게 된 후 기쁨의 시간과 행복을 찾게 되었다는 세계적인 수학자 김인강 교수의 자전적 에세이 『기쁨공식』은 나처럼 평범한 사람에게도, 연약하고 소외받는 불우한 영혼들에게도 눈부신 희망의 빛과 용기를 전해 주었다.

2살 어린 나이에 소아마비에 걸렸으나 가난하여 치료를 받을 수 없었던 그는 어린 시절을 앉은뱅이로 지낼 수밖에 없었다. 장애인이란 이유로 초등학교 입학을 거절당한 추운 겨울날, 모자가 부둥켜안고 서럽게 울고 난 후 등에 업힌 아들의 꽁꽁 언 발을 만져주며 "아가야, 춥지?" 하던 엄마의 따스했던 말 한마디는 그 어떤 말보다도 힘이 났으며 캄캄한 절망의 순간 튼튼한 희망의 끈이 되었다. 서울대 졸업 후 미국 버클리대 박사학위를 받은 김인강 교수는, 카이스트와 서울대 교수를 거쳐 현재는 고등과학원 교수로 재직하고 있다. 장애를 딛고 인생을 빛나게 풀어낸 그가 행복을 찾아낸 것은 어두운 삶 속에서도 감사할 줄 아는 영혼을 소유했기 때문일 것이다. 기쁨을 전해 주며 감사할 줄 아는 사람은 아름답고 향기로운 존재로 닮고 싶은 귀감이 된다.

수시로 덮쳐오는 갈등 앞에서 서성이는 어리석은 자신을 들여다본다. 몰려오는 불만과 심술은 정결한 감사를 걷어차고 비교의 늪에 한쪽 발이 담겨 있는 시간이다.

마음이 어둡고 칙칙할 때면 감사 일기를 써본다.

수없이 많은 감사할 일들이 비로소 나를 일깨우고 내가 지니고 있는 것들 중에서 가장 빛나는 보석이라는 걸 깨닫게 된다.

흐르는 물처럼 마음을 비우고 감사 속에 숨겨져 있는 행복을 찾아낸다.

아보카도 익히기

아보카도가 우리들의 식탁에 오르게 된 것은 얼마나 오래되었을까? 아보카도를 처음 먹어보았을 땐 내 맛도 네 맛도 아닌 것이 밍밍하기만 하였다. 이름도 들어보지 못했던 야채나 과일들이 우리의 식생활을 변화시킨 것이 어제 오늘만의 일은 아니지만 아보카도는 가장 최근에 알려진 먹거리다. 파프리카, 브로콜리 등은 익숙해졌지만 이거야말로 세계화가 아닌가 싶다.

맛이 달콤하거나 고소하든지 아니면 쓴맛으로라도 먹을 수 있어야 하는데 맛을 알 수 없어 도무지 당기지 않았다. 음식에 일가견이 있는 후배에게 물어보니 김에 싸서 먹어보라고 했다. 그렇게 먹어보았지만 그 맛도 별로였다.

제법 먹을 만하다 느끼게 된 어느 날, 비로소 아보카도의 맛을 알게 된 날, 아! 이런 맛이었구나. 알맞게 익어야만 제맛이 난다는 것은…. 과일이나 야채 맛이 전혀 아닌 것 같은 치즈의 맛이 나는 녹색 식품, 불포화지방이 풍부하여 혈관 건강에도 좋고 비타민과 칼륨이 많아 나트륨을 배출하고 노화방지에도 도움이 된다는 '영양의 보고'라는 걸 알게 되었다.

브라질이나 멕시코의 울창한 숲에서 알맞게 익어 순박한 이들의 배를 채워주던 아보카도를, 영악한 문명국들의 손길이 익지도 않은 열매들을 마구잡이로 따서 전 세계로 보내 우리나라 식탁까지 오게 된 것 같다.

아보카도는 껍질이 부드럽게 벗겨질 때까지 잘 익혀야 하는데 그게 여간 까다롭지가 않다. 한꺼번에 구입하는 방법도 있겠으나 두 식구 사는데 3개가 한 팩으로 포장된 것을 사오곤 한다. 더운 계절엔 상온에 두어 3, 4일 익혔는데 찬바람이 부니 일주일이 지나도 막무가내로 익지 않았다. 그럴 땐 도저히 먹을 수 없는 맛이다. 알아낸 방법이 신문지에 싸서 봉투 안에 넣어 익히는 것이었다.

신문지에 싸서 봉투 안에 넣어 익히는데 놀라운 사실은 2개를 함께 묶어 익히는 것이 1개만 익히는 것보다 훨씬 빨리 익는다는 것이다. 위대한 발견이었다.

식물도 사랑의 터치를 하는 것인가!

얼마 전 읽은 감동적인 사연이 떠올랐다. 미국 매사추세츠 메모리얼 병원에서 1kg도 안 되는 쌍둥이 조산아가 태어났다. 그중 한 아기는 건강한 편이었으나 심장의 이상을 안고 태어난 또 한 명의 아기는 살 수 있는 희망이 전혀 보이지 않는 위험한 상태였다. 한 생명을 포기해야 할 상황에서 경험이 풍부한 간호사가 두 아기를 같은 인큐베이터에 넣어보자는 의견을 내었다. 인큐베이터에 아기 2명을 넣어서는 안 된다는 병원 규칙을 어기고 마지막 희망으로 두 아기를 함께 넣었을 때 놀라운 일이 일어났다. 1kg도 안 되는 건강한 아기가 작은 손을 뻗어 아픈 자매의 어깨를 포옹한 것이다. 그 뒤 위험했던 아기는 안정을 찾았고 혈압과 체온이 정상으로 돌아오면서 회복되었다. 지금은 건강하게 성장하고 있다는 감동적인 사연이었다.

보통의 상식으로는 이해하기 어려운 이 놀라운 이야기는, 사랑으로 힘을 합하면 죽음까지도 뛰어넘을 수 있다는 강렬한 메시지를 전해 주었다.

전도서 4장 9~12절에서도 두 사람이 한 사람보다 나음을 말씀으로 배웠다.

'백지장도 맞들면 낫다.'라는 조상들의 교훈도 있지 않은가.

따뜻한 인간관계보다는 경쟁으로 상대방을 넘어서려는 '살벌한 삶의 모습!'이 무섭고 부끄러운 세상에서 이기심으로 가득 찬 살얼음 위를 걸어가는 불안 가득한 사회를 바꿀 수 있는 방법은 오로지 서로 돕는 사랑이 아닐까!

황혼녘 발걸음을 떼다

늦은 나이에 걸음마를 시작하듯 황혼녘 발걸음을 떼어놓은 글쓰기는 의욕을 잃어갈 나이듦의 쓸쓸함에서 깨어나 삶의 완성을 향하여 나아가는 발걸음임을 일깨워 주었다.

지난날 모교를 위해 활발하게 일하던 그 시간들이 보람과 기쁨으로 내 삶의 노트 속에 싱싱하게 살아 있다.

선배님들과 후배들, 동기 친구들의 사랑과 격려가 있었지만 힘들기도 했고 두렵기도 했었다. 회장직만은 피하고 싶었던 마음의 소리가 솔직한 심정이었다. 함께하시는 주님의 은혜가 가장 큰 힘이 되었다.

모교를 위하여 크고 작은 일들을 해나가면서 나 자신이 성장하는 소리가 들리는 듯하였다. 봉사와 헌신은 감사와 함께 스스로 영혼의 근육을 키워나가는 귀한 일이라는 것을 알게 해준 값진 교훈의 행복한 기억이 되어주었다.

오랜 시간 기도로 준비하고 10여 년 기금을 모금하여 모교의 예배 처소를 마련하던 일은 가장 보람되고도 기쁨 가득한 일이었다. 국내는 물론 미국행 비행기에 올라 미국 전역을 누비는 수고는 동문 모두의 힘을 합한 열매로 맺어졌다. 주님의 교회와 연계해서 이루어진 일이었지만 모금에 참여한 지금의 우리들이 세상을 떠난 후에라도 새싹 되어 자라날 10대의 후배들이 예배실과 기도실에서 찬양하고 말씀으로 믿음을 키우고 꿈을 이루어 나갈 것을 생각하면 우리들의 수고는 더할 나위 없는 값진 보석이 되어줄 것이었다.

그 이후에 일을 맡아 하는 후배들이 더 크고 훌륭한 일을 이루어냈으며, 나는 격려하고 도움말만 주면 되는 선배의 위치로 가 있었다.

바쁘게 돌아가던 생활이 한가해지면서 놓여나는 해방감은 필요로 하던 곳으로부터의 추방이라는 묘한 허전함을 가져다주었다.

먹을수록 포만감은커녕 허기만 느껴지던 결핍처럼 둥글게 패어가던 마음속의 웅덩이가 글쓰기를 통해 조금씩 메꾸어지고 내면의 치유가 이루어지는 느낌이었다. 늦은 나이의 글쓰기는 어렸을 때의 시간도, 젊은 날의 추억도 불러내고 지금의 나도 찬찬히 들여다보게 되는 성찰의 시간이 되어준 것이다.

문학지에 신인상을 받아 등단하면서 당선소감을 이렇게 썼었다.

"애꾸눈 대왕은 화가들을 불러 자신의 초상화를 그리게 하였습니다. 애꾸눈 그대로 그려진 초상화도, 양쪽 눈이 번듯하게 그려진 초상화도 마음에 언짢기는 마찬가지였습니다. 애꾸눈 대왕의 아픔을 건드리지 않고 배려해 성한 쪽 눈의 옆얼굴을 멋있게 그림으로써 애꾸눈 대왕의 상처를 감싸안은 화가의 지혜로움을 닮고 싶습니다. 누구에게나 깊이 박혀 있는 악의 옹이 단점을 캐내려 하지 않고 누구나 갖고 있을 좋은 점만 찾아내 따뜻한 눈으로 바라볼 수 있는 온기 가득한 글을 쓰고 싶습니다."

마음먹은 대로 내 글이 읽는 이에게 위로가 되었는지는 잘 모르겠지만 마음의 소리를 외면하지는 않았다. 부족한 글을 책으로 엮으면서 깊은 감사와 간절한 기도를 담고 또 담았다.

내 글을 읽는 이들이 공감으로 고개를 끄덕여주기를, 영혼의 위로를 받아 시린 마음이 훈훈해지기를 염원하였다.

꿈을 이루기 위해 치열하게 살아내지도 못했으면서 대책 없이 나이만 먹어버린 부끄러운 쓸쓸함!

내 책이 세상에 나온 것을 보고 나를 따르는 후배들에게, 나의 지인들에게 긍정의 에너지와 도전 정신을 일깨워주었으면 하는 바람이 있다.

나이들었으니 그저 건강이나 챙겨야지 하는 체념 섞인 푸념에서 벗어나 좋아하는 일을 시작하면 무언가를 이루어낼 수 있다는 햇살 가득한 보람의 날들을 선물하고 싶은 마음이다.

글에도 맑은 향기가 있어

나의 글쓰기는 몸살이 난 것 같다. 그것도 심하게!

헝클어진 머리카락처럼 이야기의 흐름이 이리저리 꼬이고 윤기 잃은 문장들이 툭툭 끊어진다. 쓰고자 하는 글들은 머릿속에 맴도는데 줄기가 제대로 뻗어가지 못하고 자꾸만 옆길로 새고 있다. 수필집을 엮은 지 5년이 지났는데 그동안 수필보다는 시를 주로 썼기 때문일까? 생각을 잘 정리해 읽을 만한 한 편의 글을 깔끔한 결론으로 완성했을 때의 뿌듯한 마음, 감성 가득한 표현으로 시 한 편을 끝냈을 때 힐링이 되던 기쁨을 잃게 될까 봐 두려워진다.

언젠가 아침 신문에서 〈지적知的 진동〉이라는 칼럼을 읽었다. 철학자 최진석 선생님의 글인데 3번이나 읽어볼만큼 깊은 울림과 공감이 가는 글이었다. 사람의 마음을 움직이는 힘은, 내용이 실하고 무게감 있는 강의보다는 틈새를 열어주는 이야기로 풀어가는 글이고, 그 이야기보다는 그리움의 원천을 끌어내는 감성적인 시어들이 가장 빠르고 깊게 사람의 마음을 끌어당김은 물론 위로와 희망을 불러다 준다는 것이다. 마음 결에 한 줄기 햇살이 비쳐오듯 마음이 밝아졌다. 부족한 내 글의 한 줄이 누군가의 마음을 쓰다듬어 준다면 이보다 더 보람 되고 기쁠 수가 없을 것이다.

이렇듯 좋은 글을 쓰고 싶어 마음은 안달이 나는데 제대로 풀리지 않고 주저앉게 되니 욕심이 앞서 초조하게 되는 것이구나 하는 깨달음이 희미하게 느껴졌다. 그렇다. 욕심 때문이다. 타고난 재주는 모래알처럼 작은 주제에 글은 잘 쓰고 싶은 가당찮은 욕심 때문이다. 잠깐 멈추어 나를 돌아보고 덮어 두었던 책을 다시 읽어보기로 하였다. 성경 말씀도 차분히 읽어 영성을 구하고 읽다 만 소설·수필집·시집 들을 깊은 뜻을 헤아리며 읽어 나가기로 하였다.

지인이 폰으로 보내준 좋은 글도 안 읽은 채로 졸고 있지 않은가.

'고민하며 세상걱정 다 해본들 해결하는 건 결국 시간이려니.' 백번 옳은 말씀이다. '모든 사람 걱정 없이 다 잘사는데 왜 나만 이렇게 힘들게 사나. 그러나 들여다보면 걱정 없이 사는 사람 하나도 없다. 지지고 볶고 사는 건 다 마찬가지다.' 평범한 말 속에 숨은 진리의 말씀이다.

그중에서 가장 마음을 따뜻하게 온기로 차오르게 하는 정겹고도 맑은 이야기가 있었다. 평생 잊혀지지 않을 행복한 이야기다.

세계 3대 빈민 도시의 하나인 필리핀의 톤도에 사는 한 소년이 평생 한 번도 먹어보지 못한 햄버거를 맛이라도 보고 싶어 잠들기 전에 햄버거 상상을 하며 잠이 들었다. 꿈에라도 맛을 보고 싶었던 것이다. 그 이야기를 들은 어느 작가가 햄버거를 3개 주문하여 소년의 책가방에 넣어 주었다. 그런데 그렇게 먹고 싶어 하던 햄버거를 소년은 먹지 않았다. 이상하고 궁금하여 햄버거를 못 보았느냐고 물어보았더니, 주신 분을 확인하고 감사인사를 드린 다음 먹으려고 기다렸다는 신통한 대답을 하였다. 얼마나 먹고 싶었을까…. "이제 알았으니 마음놓고 먹어라." 그러자 뜻밖에도 소년은 망설이는 듯 주위를 둘러보는 것이었다. 혼자만 먹기 미안해 주위 눈치를 보는 줄 알았더니 나누어 먹을 친구들의 숫자를 세어보았던 것이다. 소년은 햄버거 3개를 15개로 나누어 친구들과 맛있게 먹었다. 햄버거 먹는 것이 소원이었는데 왜 나누어 먹었냐고 물으니, "혼자만 먹으면 혼자 행복하니까요. 혼자만 행복하다면 진짜 행복이 아니잖아요. 다 함께 행복해야죠." 하고 답했다. 빈민가에서 태어나 쓰레기로 가득한 동네에 살지만 나누고 사랑할 줄 아는 소년들에게는 밝은 내일이 있고 내일을 향한 꿈이 있을 것이다.

　필요한 것을 다 소유하고 있을지라도 이렇게 맑고 깨끗한 영혼을 갖지 못한 채로 아름다운 글을 쓰고 싶어 조바심을 내고 있었다면 향기가 배어 있는 좋은 글을 쓸 수 없는 것은 당연하지 않을까.

만족滿足에 대하여

모임이 있을 때마다 느끼는 것이지만 어떤 모임에 가든지 권사님, 선배님, 왕언니, 이렇게 불리운다. 나이를 많이 먹었다는 것을 실감할 수밖에 없다.

단 여고 동창 모임에 가면 머리에 하얗게 서리가 앉았든 허리가 구부정하든 서로 이름을 부르고, "너 오랜만이다." "너 이뻐졌다 얘." 젊은이들이 들으면 실소를 금치 못할 말들을 쏟아내며 즐거워한다. 4,5년 전만 해도 지팡이를 짚고 나오는 친구가 없었는데 이제는 걸음이 불편한 친구가 많다.

모임 장소도 맛은 좋고 값은 착한 음식점을 찾아내 옮겨 다니곤 하였다. 강남에 있는 웬만한 음식점은 두루 다닌 것 같다. 요즈음은 음식값은 좀 쎄도 우선 교통이 좋은 일식집을 정해놓고 모임을 갖는다. 그런데 이 음식점 점심 한 끼 밥값이 4만 원이다. 나이든 할멈들의 한 끼 밥값으론 너무 비싸다.

하지만 친구들의 공통된 의견인즉, '지금까지 죽도록 아끼며 살아왔으니 이 정도 먹을 자격은 있지 않냐, 살아갈 날도 얼마 남지 않았는데.'이다.

　이젠 먹는 양도 줄어 코스로 나오는 음식 양이 너무 많다. 아까운 음식, 먹고 남은 건 포장해 달라고 청해서 누구든지 필요한 친구가 가지고 간다. 엊그제 모였을 때 마지막 코스로 알밥이 나왔다. 친구들 거의가 한두 숟가락만 먹었으므로 갖고 가서 저녁으로 먹어야지 하고 한 친구가 말했다. 늘 팩을 준비해 갖고 다니는 친구가 비닐 팩을 나누어 주면서 "춘길아, 너도 필요해? 넌 외주둥이도 아니면서." 하고 말했다. 말뜻을 이해 못한 내가 "무슨 뜻이야? 다시 말해줘." 했더니 "넌 남편이랑 함께 먹을 거니까, 혼자 사는 여자들이 외주둥인 거야." 한다. 다함께 한바탕 웃었다. 그러고 보니 10여 명 친구들이 거의가 혼자였다. 외기러기라는 낱말은 익숙했지만 외주둥이라는 단어는 사뭇 낯설었다.

　모일 때마다 각자 4만 원씩 지참이다. 40년 이상 모여온 모임이니 역사 있는 모임이다. 그동안 세상 떠난 친구도 있고 탈퇴한 친구도 있다. 또 새로 들어온 친구도 있다. 병으로 혹은 사고로 배우자들이 세상을 떠나는 슬픔을 내 일같이 함께 겪어냈고, 화초처럼 키우던 아이들이 다투듯이 자라서 고3이 되고 입시를 치르더니 하나둘 결혼하는 기쁨도 함께 하였다. 처음에는 회비를 모아 경조사는 물론 식사도 회비로 부담하는 공동체였다.

　회비를 모으는 방법은 재미삼아 100만 원의 계를 타는 방식으로 무조건 1번은 공동 회비로 삼았다. 출석률도 높이고 각자 차례가 되어 100만 원을 타는 재미가 쏠쏠했다. 누군가를 돕고 싶을 때 유효하게 사용할 수 있었다. 한 텀이 지날 때마다 반복되니 회비가 많이 쌓였다. 제법 많이 모여 있던 공금은 나이든 후 나누어 갖는 것으로 끝냈다.

각자의 자리에서 맡겨진 일을 나름대로 성실하게 해 내면서 나이들어 주름진 피부와 건망증 심한 노인이 되어 서로를 챙긴다.

어느 날 치과의사인 친구가 "나는 아침에 양치질을 했는지 안했는지 맨날 헷갈린다. 너희들은 어때?" 하니, 거의 다 "나두, 나두!" 소리를 높였다. "어머, 우리들 모두 치매 아닐까?" "치매는 아니구 건망증이다." 의대 교수였던 친구가 답해 주어 또 웃음바다!

부부는 함께 살다가 누구든 혼자 남게 된다. 여자들의 평균 수명이 더 길기도 하지만 남편을 끝까지 보살피다가 먼저 보내고 아내는 나중에 가야 한다고들 이야기한다. 나는 너무 두렵다. 남편을 보내는 그 과정을 견딜 자신이 없어 나는 남편보다 앞서 가고 싶다. 깊이 생각해 보니 이렇게 이기적이고 못난 생각을 하고 있는 내가 한없이 한심스럽다는 생각이 들었다.

지금까지 남편이 내 곁을 지켜준 것만으로도 얼마나 감사한 일인가. 주변머리 없는 나를 아시는 하나님의 사랑과 배려였음을!

한자 '만족滿足'이라는 글씨의 의미를 되새겨 본다. '만滿' 자는 가득하다는 의미로, 그 옆에 왜 '발 족足' 자가 표시되는지 의문이었는데 '발목까지 차올랐을 때 욕망을 멈추는 것이 바로 완벽한 행복이다'는 행복의 정의였다.

내가 남편보다 앞서 가고 싶다는 것은 아주 커다란 욕심이었다.

하나님께서 정해 주시는 때, 부르실 때가 언제든 열심히 그 때까지 맡겨주신 일을 감당하여야 할 것임을 깨닫는 시간이었다.

도움은 필요한 사람에게
－장학금 이야기

추억의 밀실에 잠재우고 있던 글들을 오랜만에 꺼내 읽어보니 지나간 일들이 엊그제처럼 다가왔다. 자식들이 커 가면서 엄마에게, 주로 생일날 정성껏 써준 사랑의 글들, 미국으로 이민 가 가끔씩 소식을 전해 오는 친구들의 카드나 편지들, 오래전 일기처럼 적어 놓은 내 낙서들, 손녀가 한글을 깨우친 뒤론 아기 때부터 서투른 글씨로 할머니 할아버지께 그림과 함께 적어 전해 준 카드들. 폰의 문자로 소식을 주고받는 요즈음의 세태 속에서 손편지는 골동품이 된 귀하고 가치 있는 추억의 보물들이다.

그중 제법 두께가 있는 우편물이 손에 잡혔다.

20여 년 전 만 60살이 되었을 때, 그러니까 환갑이 되던 해에 가까운 지인들과 식사를 함께 하는 축하의 자리를 갖는 대신 학교장을 만나 장학금을 전하였다. 성적이 우수한 학생을 선발하지 말고 도움이 필요한, 형편이 어려운 학생을 도와주고 싶다는 의사를 전하였다. 개인이 주는 특별 장학금이었다.

학기마다 장학금을 쾌척하였지만 기금을 조성하는 방식이었고, 그때에 전한 장학금은 성적이나 모범적인 조건을 떠나서 도움이 꼭 필요한 학생을 선발해 달라고 청하였다. 학교에서 선발한 학생을 데리고 인사 오겠다는 뜻도 사양하였다. 시간이 지난 후 그 학생으로부터 감사함을 담은 긴 편지를 받았다. 회장님으로부터 받은 장학금이 얼마나 요긴하였는지, 절망 속에 있던 자신에게 살아갈 용기를 심어주었고 자신감과 희망을 갖게 되었다고, 은혜를 잊지 않고 꼭 이웃을 돕는 선배님같이 훌륭한 어른이 되겠노라는 정성이 깃든 기특하고 예쁜 편지였다. 학생의 담임선생님의 편지도 함께 있었다. 불우한 환경 때문에 학교생활에 적응을 못하고 결석과 지각이 잦은 학생이었는데 장학금 덕분에 반듯한 모범생으로 변화된 생활을 하며 유치원 영어 선생님이 되고 싶은 꿈도 갖게 되었다는 감동을 전해 준 따뜻한 글이었다.

중·고교를 장학금으로 공부한 나는 어떤 종류의 장학금이라도 스트레스가 많다는 것을 너무 잘 알고 있었다.

지금이야 장학금 종류가 많고 우수한 학생이라면 얼마든지 기회가 열려 있지만 1950년대 가난한 사회였던 그 시절엔 특대생 장학금을 받는 것 외엔 길이 없었다.

나는 고교 2학년 때 경기여고 동문회로부터 2년 동안 장학금을 받은 적이 있었다.

장학생들은 경기여고 졸업생인 대학생 5명과 10개 학교에서 선발된 여고생 10명, 이렇게 15명이었다. 으뜸의 빛이 되라는 '원광회'라는 이름으로 우리는 다달이 모여 장학금 수여식과 더불어 그동안 지내온 각자의 생활과 장래의 꿈에 대하여 발표하고 토론하였다. 보람도 있었고 긍지도 있었다. 하지만 모일 적마다 성적표를 제출토록 하였는데 성적이 떨어질까 봐 늘 마음이 편치 않았다.

최고의 명문여고 출신답게 7명의 장학회 이사님들은 그 시대에도 국회의원, 의학박사, 교수, 종교 지도자 등 커리어 우먼이셨고 친절하고 존경스러운 분들이셨다. 그러나 모범생만을 택하여 키워내고자 생각하시는 그분들의 뜻이 내게는 적절하다고만 생각되지 않았다. 스스로의 힘으로 자신의 길을 헤쳐 나가야겠다는 생각을 하게 되었달까. 수시로 변하는 생각과 자신과의 싸움이 계속되곤 하였다. 영어 연극반과 문예반 활동을 이끌며 겉으로는 명랑 발랄하게 웃고 다녔으나 내 사춘기는 지나치게 깊은 갈등으로 쌓여 갔었다.

장학생을 선발할 경우엔 대부분 선발 기준이 성적 우수자이다. 학생의 우수성은 물론 공부를 잘하고 못하는 것으로 나누는 것이 당연하다. 그러나 외적 환경 때문에 청소년기에 성적이 좀 나쁠 수도 있지 않을까. 학생을 평가할 땐 성실하고 매사에 솔선수범하며 화합하는 일에 앞장서는 지혜롭고 착한 인성을 지닌 됨됨이가 훨씬 중요하다는 생각이 들곤 하였다.

도움은, 반드시 도움이 필요한 사람을 도와주어야 한다는 생각을 갖고 있다.

모교인 정신여자중고등학교에서는 장학기금을 조성해서 많은 학생에게 혜택을 주고 있다. 재학생은 물론 졸업생 중에서도 미래지향적인 인재에 이르기까지 장학생을 선발할 때 나는 항상 도움이 필요한 사람을 추천하고 선택되도록 의견을 내곤 하였다.

교회 장학부에서 오랜 기간 일을 할 때도 같은 의견을 강조하였다.

지금도 우리 교회의 장학금 수혜자는 도움이 필요한 학생에게 우선권을 준다. 본 교회에 출석하지 않아도, 크리스천이 아닐지라도 반드시 도와주어야 할 상황이라면 장학금 수혜자가 될 수 있도록 방침을 세워 운영하고 있다.

인간의 가능성은 특별히 어린 학생들에겐 무한하게 열려 있고 하나님이 인도하시는 일하심이 있을 터이므로!

고운 말, 모난 말

'말 한마디로 천냥 빚을 갚는다'는 옛말이 있다.

겸손을 품은, 사람다움이 배어나는 말 한마디로도 큰 빚을 탕감받을 수 있고, 따스하고 배려 깃든 사랑의 말과 격려의 말이 바닥으로 떨어져버린 사람을 일으켜 세울 수도 있다. 고운 말의 힘이다. 사소한 일상 속에서 나눈 말 한마디가 상처가 될 수도 있고 위로가 될 수도 있는 경우가 너무 많다.

주일날 교회에 가지 않고 골프를 치러 간 남편이 허리를 다쳐 집으로 왔을 때, 평소에 "그럴 줄 알았어. 교회는 안 가고 놀러 갔으니." 하며 눈을 치뜨고 쏘아대던 아내가 만일 "많이 불편하죠? 내가 괜히 아침부터 교회 안 간다고 잔소리를 늘어놓아서 공도 잘 안 쳐지고 다친 거 같아요. 미안해요." 하고 말했다면 남편은 "아니야. 내가 잘못 한 거지, 주일도 안 지키고. 하나님께서 꾸중하셨나 봐." 이렇게 대답하고 다음부터는 반드시 주일을 잘 지켰을 것이다.

늙어가는 아내가 거울 속에 비친 자신의 주름진 얼굴과 하얀 머리칼을 들여다보며 "아유, 이젠 사람 같지 않고 귀신 같네." 라고 혼잣말을 할 때 남편이 "그렇게 이쁜 귀신이 어디 있어." 한다면, 이 훈훈하고 고운 말은 사랑한다는 말보다 더욱 커다란 울림이 있을 것이다.

모진 말은 누구에게나 상처가 된다. 약점을 꼭 박아 지적하여 자존심을 건드려 자존감을 박살내는 일, 자식을 향하여 쏟아낸 모진 말이 훗날 끔찍한 범죄에 연루된 사건을 일으키고, 범인의 어린 시절에 쌓인 저주의 말이 연쇄 살인 사건을 일으킨 원인이 되는 것을 수없이 보아왔다. 사이코패스니, 심신허약이니, 변호인들과 범인이 변명을 늘어놓지만 불우했던 어린 시절의 성장과정, 저주의 모진 말이 끔찍한 사건의 원인이 되었다는 생각이다.

개에 물려 다쳐도 뱀에 물려 다쳐도
반나절 만에 혹은 사흘만 치료해도 나을 수 있지만
모진 말에 다친 상처는 일생을 간다.

어느 병원 로비에 적혀 있는 말에 대한 지혜로운 교훈이다.
'검에는 두 개의 날이, 혀에는 백 개의 날이 숨겨져 있다.'
모진 말은 비수를 손에 들지 않고도 가시 돋친 말 속의 비수를 얼마든지 휘두를 수 있음이다.
말은 약도 되고 독도 될 수 있다. 말은 단순한 소리가 아니라 인격이고 생각이다. 어느 젊은 엄마가 어린 아들의 손을 잡고 걷는 모습이 너무 곱고 우아해 보여서 미소를 머금고 바라보았는데, 갑자기 계단을 뛰어 내려가는 어린 아들에게 고함을 쳤다. "이 새끼야! 그렇게 뛰어 내려가면 대가리 깨져." 마음에 새겼던 여인의 아름다운 모습은 바람같이 사라지고 실망과 함께 말의 중요성을 깨닫게 되었다는 어느 선생님의 말씀이 생각난다. 고운 말은 듣는 사람에게 뜻과 꿈이 되고 사랑이 된다.

고운 말은 칭찬의 말은 아닐지라도 희망을 가질 수 있는 긍정의 마음이 담긴 따뜻한 말일 것이다. 오늘의 아픔이, 상처가 너를 성장시킬 것이라는 위로의 말은 한 영혼을 절망에서 벗어나게 하는 격려의 말이 되어줄 것이다.

내가 상담으로 도움을 주었던 잊혀지지 않는 한 사람이 있다. 내가 엄마 노릇을 하는 엄마로서 딸과의 상담이었다. 교회 안에 탈북 청소년을 도와주는 부서의 봉사 활동으로 나는 한 아이의 엄마가 되었다. 내 딸이 된 혜란은 22살 중앙대 신문방송학과 학생이었다. 엄마와 같이 압록강을 건너 중국으로, 그 후 브로커의 알선으로 캄보디아의 산골짜기를 맨발로 걸어 어찌어찌하다가 대한민국의 국민이 된 것이다. 주일이면 예배 후 집으로 함께 와서 식사는 물론 많은 이야기를 나누었고 신앙과 생활에 도움이 되도록 친밀감을 쌓아갔었다. 집에 오도록 하여 맛있는 음식을 같이 만들어 먹고 예쁜 옷을 사주고, 우리 아이들이 아끼던 옷이나 물건도 마음대로 골라가게 하였다.

그러나 혜란에게 절실했던 것은 물질보다는 희망을 심어주는 고운 말이었을 것이다. 혜란은 정부에 대한 불만도 많았고, 자기 또래의 남한 소녀들의 화려한 생활을 날카롭게 비난하곤 하였다. 주의를 주고 싶은 때도 있었으나 마음을 다칠까 봐 지적하지 못했다.

"어린 네가 겪은 고생은 너의 삶에 큰 자원이 될 것이다. 너는 반드시 성공할 수 있다. 남한에서 고생 모르고 자란 언니들(우리 딸들)보다 더!"

혜란은 희망을 불러오는 고운 말로 고통의 시간을 견디어내고 건실한 청년을 만나 결혼하여 영국에 정착하였다. 신앙생활도 열심히 하면서….

배려와 존중의 고운 말은 상대를 세우고 자신의 품격까지 높일 수 있다는 깨달음은 힘겹게 살아가는 우리 모두에게 큰 위로가 되지 않을까.

더 행복해지려는 욕심
—드라마 〈스카이 캐슬〉이 준 교훈

특목고 중에서도 최고 수준인 민사고에 재학 중인 딸을 두고 있는 조카는 걱정이 이만저만이 아니다. '이모, 기도해 주세요'로 시작하는 대화나 문자는 끝없이 이어져도 답이 안 보인다. 우선 이야기를 들어주고 아이가 처한 상황을 분석해 나름대로의 답을 전해 주지만 여전히 가슴은 답답하다. 고액의 등록금에 걸맞게 최고의 시설에 기숙하는 학생들은 강원도의 맑은 공기를 마시며 동아리 활동에 치중하고 토론식 교육에 집중한다. 저마다의 개성과 우수한 실력을 갖춘 아이들. 학비 따위는 아무리 비싸도 신경쓸 필요 없는 집안환경! 우수한 집단에서의 경쟁은 피가 마르는 일상이다. 주말이나 방학 동안 집에 와도 최고의 학원에서 과외를 한다는 것이다. 조카에게 나는 문자를 넣어준다. '은지야, 자식을 위해서 버려야 할 것은 욕심이고 아끼지 말아야 할 것은 사랑이다'라고.

드라마 〈스카이 캐슬〉은 현재 대한민국의 교육현실을 날카롭게 꼬집은 사회성 짙은 드라마다. 상위 1%의 비틀린 자식사랑과 이기심이 몰고 온 교육과 인간성의 민낯을 고스란히 드러내고 있다. 어느 행성에서 살고 있는 사람들일까 생각할 만큼 상상을 뛰어넘는 초호화 생활과 정상을 넘어선 그 부모들의 의식 구조는 머리에 쥐가 날 지경이었다. 물론 가능한 현실을 상상의 허구로 꾸민 드라마라 할지라도 비슷하게 흘러간 현실을 따라가고 있지 싶었다. 부모들의 욕심이 빚어낸 비틀린 사랑이 잘못되었다는 것을 깨닫게 되면서 이야기는 바른길로 향하는 모양새다.

의대교수들의 가정에서 일어나는 다소 과장된 이야기지만 대치동 엄마들의 상태와 거의 비슷하지 않을까. 수억 원의 돈을 지불해도, 맡아주기를 원하는 아이가 더 많은 돈을 싸들고 왔다 해도 입시코디는 학생을 선별해 고른다. 목표하는 대학이 가능한 아이인지, 집안 환경, 부모 직업, 재학 중인 학교에서의 위상 등. 귀족도 이런 귀족이 없다. 학교생활 평가의 모순이 이렇게 심각했던가! 그렇다고 단 한 번의 수능 점수로 학생의 실력을 평가하는 것도 좋은 제도는 아닐 것이다. 이래저래 아이들과 학부모, 선생님들까지 죽을 맛이다. 학생부 종합 평가, 일명 학종의 평가는 숙명여고에서 일어났던 부끄러운 작태를 만들어낼 수밖에….

드라마에서도 만점의 점수를 만들기 위해 유능한 입시코디가 학교 재단의 선생과 결탁하여 시험지를 빼돌리는 상황에까지 이르고 만다. 그 비리를 감추기 위하여 살인까지 하게 되고 희생양을 만들어 자기는 빠져나가는 천인공노할 사태까지….

사실을 알게 된 학부모는 양심을 속이고 자기 딸을 보호하기 위하여 인간의 바닥을 보이게 된다. 결국은 바로 잡아지는 것으로 끝을 맺었지만 드라마가 남긴 교훈은 깊은 무게감으로 다가왔다.

어느 부모가 자식의 입시 앞에서 무심하고 냉정할 수 있겠는가?

아이를 닦달하고 욕심을 내려놓지 못하고 무리수를 두어 자식의 인격을 내동댕이쳐 버리는 그림이 교육 현장의 현주소다. 자식의 앞날을 위해서라지만 자기가 못 이룬 꿈을 자식을 통해 이루려는 부모들의 치졸한 욕구를 들여다볼 수가 있다.

부모의 성화와 뒷심으로 공부 기계가 되어버린 자식들은 인격과 인성은 멀리 던져버리고 일류대를 외친다. 자식 스스로 하고 싶은 공부를 하도록 이끌어주는 것이 진정한 자식사랑이라는 것을 모르는 부모는 거의 없을 것이다. 그러나 남들에게 인정받는 좋은 직업을 갖고 살아가려면 일류대학을 나와야 할 것 같으니까, 전문직을 갖고 고소득으로 생활하기를 바라는 마음에 무리수를 두게 되는 것이다.

나이들고 보니 아이들의 학벌과 행복은 거의 상관이 없음을 깨닫게 되었다.

물론 학벌을 따지는 우리나라에선 장성한 뒤에도 학벌이 그 사람 얼굴인 양 따라다니긴 한다. 그러나 어느 학교 출신이라는

스펙보다는 본인의 능력과 사람됨이 앞길을 열어주는 열쇠가
될 것이다. 종사하고 있는 일에 따라 다르긴 하겠지만….

내 아이들의 고교 때는 어떻게 보냈던가. 30년도 더 지난 일
이지만 생생하게 기억하고 있다. 힘들었던 시간이었다. 지금처
럼 치열한 전쟁은 아니었지만 그 시절 나름대로 자식의 고3 생
활은 엄마들이 넘어야 할 제일 높은 산이었다. 아무런 걱정 없
이 순조로운 생활을 하던 사람도 자식의 고3 생활을 겪어내고
서야 비로소 철이 든다고 그 시절 엄마들은 이야기하곤 했었
다. 지금처럼 학원이 난무하지도 않았고 과외도 금지되어 있
었지만 비밀스럽게 과외가 행하여지던 시절이었다. 물론 나도
아이도 바른길을 택하여 무리수를 두진 않았다. 줄곧 상위권
에 머물던 아이의 성적이 고2 때 친구관계로 갈등을 겪으며 흔
들릴 땐, 지금 생각해도 아찔해진다. 내신 성적이 참고되긴 했
지만 단 한 번의 학력고사 성적으로 대학진학을 하던 시절이었
다. 결과는 기대에 못 미쳐 목표하던 서울대학 건축과에서 전
공도 바꾸어 이대로 진학을 하게 되었다. 최우수 성적으로 전
액 장학생의 영예를 안았지만 목놓아 울던 아이. 나도, 아이 아
빠도 기쁘고 감사하기는커녕 무너지듯 의욕을 잃었었다. "엄
마, 기대에 못 미쳐서 미안해." 아이의 말에 퍼뜩 정신이 들면
서 내가 얼마나 미숙한 엄마였었나 부끄러움을 느꼈다. 선배들
은 내가 절대로 과외 안 시킨다고 고집 피울 때 '후회할걸' 하
고 생각했다고. 그러나 나는 후회하지 않았다.

아이와 우리 부부가 원했던 대로 서울대에서 건축을 전공했다면 딸은 지금보다 더 행복했을까. 유학을 마치고 와서도 새로운 분야인 광고 디자인을 대학원에서 다시 공부하는 열정을 보였던 아이는, 오랫동안 대학 강단에서 학생들을 가르쳤고 자신의 뜻대로 창의적인 아이디어로 회사 생활을 활기차게 해 나갔다.

자식을 인격 없는 공부기계로 만들지 않으려면 학부모가 먼저 변해야 한다는 것을 경험을 통해 뼛속 깊이 깨달았다. 그리고 사교육에 의존하지 않으려면 공교육이 탄탄해져야 할 것을 강하게 정부에 건의하고 싶다.

| 제2부 |

익어가는 시간

서리꽃

눈부신 시간에
짧은 생에 불을 켠
이슬꾸러미
한 줄기 햇살로 스러지기 전
수정 같은 영롱함으로
길을 떠난다.

'때문에'와 '덕분에'

누구에게나 똑같이 주어진 하루가 선물처럼 열린다.

마음먹기에 따라서 기쁨으로 열릴 수도 있을 것이고 맥없이 지루하게 짜증나는 하루가 될 수도 있다. '덕분에'라는 생각이면 감사와 기쁨이 따를 터이고, '때문에'라는 원망이 섞이면 지옥 같은 하루가 될 터이다.

'덕분에'는 긍정과 감사가, '때문에'는 부정과 탄식이 함께할 것이다.

경영의 신으로 불리는 일본의 전설적인 기업인 마쓰시타 고노스케는 자신의 인생승리 비결을 '덕분에'라고 늘 말해왔다. 가난한 덕분에 무슨 일이든지 열심히 했고 못 배운 덕분에 모든 사람을 스승으로 여겨 배우려 했고 몸까지 약한 덕분에 음식 조심은 물론 천천히 오래 씹는 버릇을 익혔다고. 매사에 조심하며 남을 존중하고 겸손을 배웠다는 그분이 일깨워준 지혜의 가르침은 정말 값지고 귀한 교훈이었다.

삶의 무게 때문에 어둡고 우울한 생각들로 가득 차 앞이 보이지 않는 캄캄한 날들이 누구에게나 한번쯤 있을 것이다. 등에 진 짐이 너무 무거워 힘겨운 날들이 계속되는데 먹고살 일도 막연한 형편에 집안에 우환까지 겹치면 정말 죽어버리고 싶은 나약한 생각이 가슴을 헤집고 지나가지만, 그 숨막히는 환경 덕분에 용기를 낼 수밖에 없는 상황이 되는 경우도 있다. 식솔 중 나까지 무너지면 집안 전체가 폭삭 꺼져버릴지도 모른 다는 절박함이 어깨를 짓누를 때 절망 대신 이를 악물면 길이 보이는 이치이다. 스무너덧 살 무렵 내 처지가 그랬다. 집안의 기둥이던 엄마가 크게 다쳐 엄마 중심으로 지탱해 나가던 집안 이 헝클어졌다. 학도병으로 군대생활을 이어가던 오빠는 한 사 건에 휘말려 제구실을 못하고, 몸이 약한 언니는 일상생활이 힘들 만큼 건강을 잃어가고 있었으며, 유일하게 의지가 되었던 동생은 결핵 진단을 받고 황달까지 와 상큼하던 모습은 찾아볼 수도 없이 초라하게 변해갔다. 소리 죽여 울음을 토해내면서 나까지 무너지면 우리 집안이 폭삭 꺼져버릴 것 같은 절박함에 새로운 결심 앞에 섰다. 중·고교를 장학생으로 다녔으므로 타 의에 의해서라도 모범생이어야만 했던 생활을 벗어나고 싶어 은행원 생활을 그만두고 그동안 저축했던 돈으로 꿈을 향하여 달려가려던 계획을 던져버렸다.

포기할 줄 아는 지혜를 실천으로 옮긴 덕분에 살아갈 용기가 생기면서 길이 보였다. 식구들도 한마음이 되어 가족의 소중함 을 나누며 서로에게 힘이 되어주는 따뜻한 온기로 다시 웃음을 찾게 되었다. 희생까지는 아니었지만 나의 결정이 힘이 되었던 것은 절망에 다다른 체념 대신에 일어서 보려는 긍정의 마음 덕분이었을 것이다.

코로나로 인해 위기의 시간을 보내고 있지만 나름대로 깨달아진 것이 많았다.

이전에는 평범하고 소소한 일상을 당연한 것으로 여기며 살아왔었다. 언제라도 만나고 싶은 이들을 만날 수 있고 가고자 했던 곳을 갈 수 있었던 날들. 주일이면 당연히 교회에 출석해 예배를 드리던 일상이 얼마나 은혜롭고 행복했던 날들이었나를 코로나 덕분에 뼈저리게 느끼게 된 것이다.

2년 이상 갇혀진 상태로 지내온 생활을 '코로나 때문에'라는 불만 대신 '코로나 덕분에' 감사의 폭이 넓어지고 깊어진 것을 애써 되짚어 보는 요즈음의 일상이다. 그리고 코로나가 결혼과 장례 문화를 바꾸어 놓은 것도 '덕분에'라는 표현으로 긍정적인 시선으로 바라보게 되었다.

친구들 모임마저 자유롭지 못해 2년 가까이 만남이 없다가 희귀암 친구 소식에 위로도 할 겸 모이기로 한 날, 오랜만에 만난 친구들을 훨씬 더 늙어버린 할머니 모습으로 마주하게 되었다. 얼굴도 몸집도 줄어든 것같이 왜소한 모습이 되었거나 구부정한 허리로 지팡이를 짚었거나, 나이를 생각하면 당연한 일인데 마음이 추워지며 처량해졌다. 음식점이 지하 1층이었는데 한 층 계단도 오르내리기가 힘들어 엘리베이터가 만원인 채

기다리는 노인들로 북적거렸다. 계단으로 걸어 올라가 친구들과 함께 걸으며 나만이 이 나이에도 허리를 곧게 펴고 씩씩하게 걸을 수 있는 것은 어린 날의 가난 덕분이라는 생각을 했다.

6.25전쟁 후 피란 갔던 시골집에서 식구들이 함께 서울로 올라오지 못하고 언니와 둘이 신설동의 셋방에서 자취를 했을 때 종로5가 학교까지 걸어다녀야만 했었다.

고교 때는 미아리에 있는 셋방에서 살았는데 돈암동까지만 전차를 타고 미아리 고개를 넘어 집까지 걸어다녔다. 버스가 다니긴 했지만 버스표보다 싼 전차표 값도 내겐 벅찼으니까. 청소년기에 많이 걸어야 했던 환경 덕분에 내 다리가 튼튼해진 것 같다.

'때문에'라는 생각에 붙들리어 불만과 원망의 마음이 가득 찬다면 한탄으로 점점 더 마음이 녹슬고 말겠지만, '덕분에'라는 감사를 쌓아 올리면 밝은 햇살처럼 환한 시간들이 우리 앞에 펼쳐지게 될 것이다.

하마터면

'하마터면 잊을 뻔했소.'

남편에게서 문자가 왔다.

문학회에서 공부모임이 있는 날은 반드시 글쓰기 숙제를 완성하여 갖고 나가야 한다. 회원 수대로 프린트를 해 가지고서.

집에 있는 프린터가 고장이 나서 남편 이메일로 보내 사무실 프린터로 복사해 퇴근 때 가져오기로 했는데, 프린트 다 했냐는 나의 문자에 깜박 잊을 뻔했다는 답을 해 온 것이다.

하마터면 큰일 날 뻔했다. 하마터면 넘어져 코가 깨질 뻔했다. 이럴 때 쓰여지는 낱말이 아니던가. 그런데 어느 젊은 작가의 책 제목 『하마터면 열심히 살 뻔했다』는, 그 기발하고도 재치 넘치는 책 제목은 나이 먹은 내게도 끌어당기는 힘이 강했다. 하완의 『하마터면 열심히 살 뻔했다』라는 책을 알게 된 것은 내 에세이 『어머니 그림자』가 출판 상재되면서 해본 네이버 검색을 통해서였다. 당연히 내 책과는 판매부수가 비교도 안될 만큼 차이가 나는, 독서 인구가 줄어든 요즈음도 많이 읽히는 책이 있다는 사실을 알게 되었다. 젊은이들에게 당기는 책이 어떤 부류의 내용이라는 것을!

'하마터면'이라는 낱말은 조금만 더 잘못했더라면 위험했을 상황을 겨우 벗어났을 때에 쓰는 말이다. 부사이니 뒤에 나오는 문장과 연결되어야만 그 뜻이 빛을 발하게 되는 것이다.

짐작하고 있었지만 막상 책을 읽어보면 열심히 살지 말라는 뜻이 결코 아니다. 그런데도 철없는 젊은이들이 "아싸!" 하면서 책을 집어 드는 귀엽고도 황당한 장면을 연출하는 것 같았다. '아싸'를 외친 젊은이들은 정말 열심히 살 필요가 없다는 뜻으로 착각하고 있었던 것일까. 작가가 전하고 싶었던 메시지는 자신의 가치관과 방향을 잃은 채 욕망을 좇아 살아서는 안 된다는 제법 알찬 내용이었다. 나이 40을 코앞에 두고 숨가쁘게 달려왔던 자신을 좀 쉬게 하고 싶었던 작가의 심정을 이해하고도 남을 수 있었다. '열심히 살아도 나의 삶은 늘 왜 이 모양이지.' 억울함이 극에 달하였을 때 아무런 대책도 세워놓지 않은 채 일을 내고야 말았다. 그러나 대책도 없이 사표를 내버리는 일은 요즘 젊은이들이 고쳐야 할 큰 실수다. 신중하게 생각을 거듭해 계획을 세워 자신의 길을 열어가야 할 것이다. '꿈은 이루어진다'는 달콤한 문구는 희망고문이라고 헬조선을 외치는 젊은이들은 버릇처럼 말하지만 그건 비겁한 자기변명이다. 꿈을 갖는 긍정의 생각은 꿈을 이룰 수 있는 빛의 언어다. 남에게 보여주는 삶이 아니라 자신에게 부끄럽지 않은 성실한 삶, 누구에게나 똑같은 삶의 무게를 감당해 나가는 용기가 필요할 것이다. 요즘같이 강한 개성을, 남다른 삶을 추구하는 사회 분위기에 비추어본다면 더욱더….

자존감이 높은 사람일수록 자기 자신을 냉철하게 바라보기 때문에 자신에 대한 점수가 낮다는 작가의 평은 나를 놀라게 했다. 반대로 생각했었던 것이다. 작가 자신이 별 볼 일 없는 사람이라는 깨달음에 도달했을 때 마음이 평화로워지면서 자신을 사랑할 수 있었고 행복감을 느끼게 되었다는 작가의 논리는 긍정의 마인드가 곧 자존감을 높여주었다는 값진 교훈이었다. 치열하게 열심히 살아온 자신을 인정한다면 잘 견디어온 자신에게 휴식을 주어야 한다는, 천천히 쉼도 허락하면서 비틀린 욕망은 내어던지고 말이다.

'열정도 닳는다'는 표현은 무릎을 탁 치게 만들 만큼 신선하였다. 열정도 의욕도 아껴가며 살아야 한다는 충고는 젊은이들에겐 많은 참고가 될 것이다.

나이든 노년층에게도 적용이 되려나?

나이든 사람들이나 젊은 층이나 삶의 무게가 버겁기는 마찬가지일 것이다.

힘들고 아픈 시간을 견디어 내는 힘은, 고통 중에도 감사할 일을 찾아내면 가쁜 호흡이 좀 편안해질 것이다.

'하마터면 감사도 모르고 보람도 못 느끼고 살 뻔했어!'

보석의 가치는

보석의 가치는 어디에 있을까.

참된 보석의 가치는 값에 있지 않고 그 보석에 담겨 있는 사연에 있을 것이다.

여유 있는 가정에서는 결혼을 할 때 신랑신부가 서로 보석 예물을 나누어 갖는다. 주로 시댁 부모님이 새 며느리에게 내리는 선물이다. 조상님으로부터 물려받은 귀한 뜻을 지닌 장신구를 주는 것은 가문의 일원으로 받아들인다는 의미였을 것이다. 그 유래가 흐려져 부의 척도를 가늠하는 결혼 풍속도가 되고 말았다.

나는 6.25전쟁으로 부모님을 잃은 사람과 결혼을 하였으므로 물려받을 가문의 예물은 꿈도 꾸지 못하였다.

그런 내게도 값비싼 보석을 갖게 될 기회가 있었다.

결혼 25주년이 될 무렵 남편이 갖고 싶은 것이 있으면 말해보라고 하였다.

나는 솔직하게 갖고 싶은 것이 없노라 말했더니 그럼 갖고 싶은 보석 있으면 사주고 싶으니 돈 생각하지 말고 말해 보라고 하였다. 남편도 나도 허영이나 사치 같은 낱말은 아주 먼 나라의 일로 여기며 검소하게 살아왔으므로 나는 여간 놀랍지가 않았었다. 내가 너무 궁상스러울 만큼 아끼며 열심히 살아온 것이 안쓰러워 보였던가 싶기도 했고, 그 마음이 고맙기도 하였다.

나는 보석 대신 선물로 받고 싶은 것이 있노라 대답을 했다. 믿음의 가정에서 성장하지 않은 남편은 내 권유로 교회 출석은 하고 있었지만 그때까지 세례를 받지 않고 있었다. 한창 바쁜 생활을 하고 있을 시기이기도 하였지만 세례받기를 권유할 때마다 이론에 강한 남편답게 형식이 중요하지 않다는 답을 주곤 하였다. 결혼식을 올리지 않고 혼인 신고만 하고 사는 부부도 있지만 여러 사람들 앞에 알리고 축하를 받는 결혼 예식의 의미를 설명하며 하나님과 많은 분들 앞에 하나님 자녀 되었음을 알리고 자신 스스로에게도 서약하는 것을 의미한다고, 세례를 받는 의식을 결혼 25주년의 선물로 받고 싶다고 청하였다. 남편이 받은 세례는 어떤 보석보다도 귀한 선물을 받은, 기쁨 가득한 은혜로운 감사 가득한 시간이었다.

20여 년 전 유럽 여행길에 튀르키예(터키) 원석을 산 적이 있다. 나는 보석에 별로 관심이 없었지만 가까운 지인들에게 선물할 소품을 사려고 보석과 장신구를 취급하는 숍에 들렀다가

별 생각 없이 사 두었던 것이다. 남편의 권유도 있었지만 그 물
건을 사지 않으면 큰 손해를 볼 것 같은 판매원의 매끄러운 말
솜씨에 매료되었는지도 모른다.

나중에 집에 돌아와서 보니 크기가 제법 크게 보였지만 그
뿐, 서랍에 넣어 두었다. 그 존재를 거의 잊고 있었는데 즐겨
사용하던 매듭 목걸이가 망가져서 고칠 수 있는지 보석상에 들
렀다. 다행히도 사장이 고쳐보겠노라 해서 고마운 마음에 또
예의상 진열되어 있는 물건들을 둘러보았다. 내가 오래전에 구
입한, 서랍 속에서 잠자고 있는 터키석과 같은 종류의 목걸이
와 브로치 등이 비싼 가격표를 달고 진열되어 있었다.

내가 갖고 있는 것보다 훨씬 작은 것들이…. 왜 이렇게 비싸
냐고 놀라서 물어보니 터키석 산지에서 더 이상 캐낼 것이 없
어 품절 상태라 값이 뛰었다는 것이다.

20년쯤 전에 사 놓은 원석을 갖고 있다 하니 20배는 올랐다
는 놀라운 이야기였다. 집에 와서 처박아 두었던 것을 꺼내어
보니 영수증 보증서와 함께 얌전하게 잠자고 있었다. 20여 년
전 시세로 150루블을 주었으니 15만 원쯤 될 것이다. 흡사 복
부인들이 헐값에 사놓은 땅이 대박을 친 것처럼 놀랍고 기분이
아주 삼삼하였다. 보석 디자인 북을 뒤적이고 연구하여 복잡한
디자인을 피한 깔끔한 목걸이 보석 한 점을 갖게 되었다.

코발트색 터키석 목걸이는 너무 시선을 끌어 나를 민망하게
만들었다. 보는 이마다 관심을 갖고 부러워하여 어리둥절한 채

어지럼증이 일어날 지경이었다.

센스쟁이 B권사는 내가 착용한 목걸이를 향하여 엄지손가락을 쳐들어 보이며 웃음을 머금고 '역시나'라고 찬사를 날려 주었다.

진정한 보석의 가치는 높은 가격도 탁월한 디자인도 아닐 것이다. 가문에 내려오는 귀중한 것이라든가 기쁨과 감사로 새겨진 뜻을 품고 있는 따뜻함이 담긴 마음속 보물 같은 것이 아닐까!

감사의 향기로 나를 채우다

이른 아침, 푸른 숲길 걷기로 나의 하루는 시작된다.

아직은 성한 두 다리로, 허리를 곧게 펴고 활기차게 걸음을 옮긴다.

6년 전 생애 처음 했던 장내시경 검사에서 암세포가 발견되어 황망 중 수술을 마치고 항암치료를 시작하면서, 그때도 지금처럼 걷기 운동을 했었다. 힘에 부쳐 식은땀을 흘려가면서….

지난가을 완치 판정을 받았을 때, 주치의가 악수를 청해왔다. "축하한다"고, "수고하셨다"고. "감사합니다" 답하면서 감사와 기쁨 앞에, 아직은 내게 허락하신 일들이 있을 것이라는 생각이 가슴속에 와 닿았다.

푸른 나무 사이로 햇살은 금빛으로 부서지고, 비단결처럼 매끄러운 잎들은 윤기 흐르며 빛난다. 그 위에 맺힌 이슬조차 영원할 것만 같아 손 내밀어 쓰다듬어 본다. 넓은 잎의 감나무는 어느새 왕사탕만 한 감을 매달고, 꽃이 한창인 대추나무는 대추알들을 품고 있을 것이다. 꽃비를 내려주던 벚나무에는 버찌가 열렸을까. 서양 산딸기의 눈부신 흰 꽃들은, 라일락의 보랏빛 향기는 어디로 떠났을까? 우아한 자태로 피어나 가슴을 설레게 하던 목련도 흔적 없이 사라지고 지금은 6월의 장미가 한창이다. 성급하게 봄 인사를 해오던 매화나무는 무성한 잎 속에 익어간 열매로 의젓하다. 줄이어 선 은행나무, 암수의 유혹으로 에미가 된 나무는 열매를 잉태하고 있을 것이다. 가장 풍성한 그늘을 드리워주던 느티나무도, 위풍당당 서 있는 메타세쿼이아의 장군 같은 모습도 모두가 다정한 친구들이다.

　아침 운동 때 만나는 많은 분들도 어느새 목례로 미소로 가까운 벗처럼 친숙해졌다. 손을 흔들거나 하이파이브로 감사한 하루의 시작을 서로에게 확인해 준다. 며칠 만나지 못하면 안부가 궁금해지고 걱정이 된다.

　손 잡고 아침 산책을 나온 노부부의 모습은 정말 아름답다. 서로를 의지하고 두 분이 의자에 앉아 쉬고 있는 모습도 한 폭의 그림 같다. 허리도 등도 구부정하게 굽었지만 오랜 세월의 신뢰와 배려가 담긴 그분들의 사랑과 아낌의 흔적이 묻어나기 때문이다. 얼굴 가득 생겨난 주름은 그분들의 훈장이 아닐까. 깊은 사랑의 의미를 노부부들에게서 찾게 되는 것은, 젊은 이들의 가볍고도 즉흥적인 사랑의 세태에 질려버린 때문이다. 노부부가 손 잡고 기대고 걷는 모습은, 보폭이 일정하지 못해도 발을 끌어도 비틀거려도 흐뭇하게 바라보고 싶고 도와드리고 싶다.

2년 전 다른 날보다 훨씬 일찍 집을 나섰을 때 지팡이를 의자에 기대어 놓고 쉬고 계신 노부부가 계셨다. 낯선 분들이었지만 공손하게 허리를 굽혀 인사드렸다. 그다음 날도 같은 자리에 앉아 계시다가 반색을 하시며 옆자리를 권하셨다. 그분들도 하나님을 섬기는 형제였기에 금방 가까워질 수 있었다. 얼마 전 허리 수술을 하신 할머니께서는 통증이 심하여 쉬고 싶어 했지만 의사의 처방도 있고 자녀들의 간절한 권고로 아침마다 할아버지께서 마나님을 깨워 운동을 나오신다는 것이다. 넓은 주택에 사시다가 단독주택과 정원 관리가 힘들어 아파트로 집을 옮겨오신 분들이었다. 1970년대 자녀들이 줄리아드 음대 영재학교에서 유학생활을 해서 미국과 한국을 오가며 생활하신 분들이라 서민생활이 아주 어두우셨다. 내가 지하철역이나 재래시장에서 대강 집어든 티셔츠, 허름한 바지도 참 예쁘다고 어느 브랜드냐고 만져보곤 하셨다. 내가 10년 이상 쓰고 다니던 낡은 모자도 너무 멋있다고 좀 써보자고 심지어 부러워하시면서 찬사를 하시곤 하였다. 한없이 많은 이야기를 풀어놓으시면 귀기울여 들어 드렸고, 나날이 건강이 좋아지신다고 걷기 운동을 하시는 것은 너무나 잘하시는 일이라며 격려와 칭찬으로 마음을 즐겁게 해 드렸다. 내가 바쁜 일정으로 운동을 못 나가는 날이면 온종일 울적해하셨다고 다음 날 할아버지께서 멀리서부터 나를 반기셨다. 내가 활동하고 있는 문학지도 보람 있고 귀한 일이라며 격려해 주시면서 크리스천문학지의 애독

자가 되어주셨다. 미국에서 자녀들이 오면 데리고 나와 인사
를 나누게 하셨다.

한동안 그분들을 뵙지 못했는데, 병환이 나셨는지 아니면 실
버타운으로 거처를 옮기신 것은 아닐까. 부러울 것 없이 사시
는 분들이었지만 노인 특유의 외로움이 있으셨는지 집으로 놀
러오라고 수차례 내게 청하셨지만 시간을 내어드리지는 못하
였다.

뇌졸중으로 쓰러져 투병하는 할머니 한 분과도 가까운 친구
가 되었는데 하루가 다르게 회복되어 가는 모습에 기뻐하며 감
사를 나누었다. 우리는 기도제목을 나누며 서로를 향한 따뜻한
위로로 마음을 나누어 가졌다.

살아가면서 만나는 많은 사람들을 위로와 격려로 도울 수 있
는 것도 사랑하는 영혼이 깃들지 않으면 어려울 것이다. 고통
의 정점에 서 본 사람만이 다른 사람의 아픔도 이해할 수 있고,
존재의 귀중함도, 사랑도 할 수 있을 것이다.

내가 겪은 10대의 가난도, 젊은 날의 좌절도, 의욕을 잃었던
한창나이의 절망도, 친구처럼 친근하게 다루며 투병했던 암과
의 싸움도 내게는 유익이 되었다.

남의 아픔을 깊이 품을 수 있는 아량과 배려의 마음, 고통의
두께보다 더 높이 감사를 쌓아올릴 수 있는 은혜로움은 자갈길
같던 내 마음을 부드럽게 새김질해 주었다. 아끼고 사랑하는
내 이웃들과 나누어 가진 따뜻한 마음은 아마도 내가 지니고

있는 것들 중에서 가장 귀하고 아름다운 보물이 될 것이다.

오늘 아침 처음 발견한 듯한 합환채의 연분홍 꽃술들이 부챗 살처럼 환한 미소로 은은한 감사의 향기를 가득히 실어다 준 향기로운 아침이다.

응원합니다, 그대들의 재능과 노력을

사람도 녹아내릴 것 같던 지독했던 무더위. 벗어나고 싶어 아우성치며 허덕였던 날들이었는데 여름은 머물고 떠날 때를 알았는지 말복 다음 날부터 거짓말처럼 서늘한 바람이 찾아와 주었다.

결이 한결 고와진 마음으로 도와주고 싶고 응원하고 싶은 내 이웃을 찾다가 시선이 닿은 사연이 떠올랐다.

KBS의 〈아침마당〉이라는 프로에 '도전 꿈의 무대'라는 시간이 있다. 출연자들이 지니고 있는 사연도 감격스러웠고 그들의 뛰어난 노래 실력과 춤, 타고난 재능도 놀라웠다. 먹고살아야 하는 생활 때문에 꿈을 이루지 못하고 전전긍긍하다가 방송국에서 준비한 꿈의 무대가 있다는 것을 알고 피눈물 나는 노력으로 예선을 통과해 생애 가장 큰 무대에 나오게 된 사람들이었다.

노래가사가 전해주는 삶의 응어리도, 곡이 전해주는 애달픔도 가슴 속에 깊이 파고들었다. 그들이 생활의 언덕길에서 겪어낸

굴곡진 삶은 드라마도 그런 드라마가 없었다.

뛰어난 음악적 재능으로 가수의 꿈을 품었던 아들이 집안의 도산으로 꿈을 포기하고 하늘나라로 떠난 후 아들의 한을 풀어주기 위해 64세의 나이에 새로운 도전에 나선 아버지가 남진의 〈가슴 아프게〉를 얼마나 구성지게 불렀는지 심사위원도 시청자도 함께 눈물을 흘렸다.

노래 점수와 시청자 투표를 합산하여 우승을 가리며, 5번 우승하면 가수가 되는 영광을 차지한다.

지난주에는 5승을 한 젊은이가 심사위원의 자격으로 출연해 앞날에 대해 설명하여 내 마음마저 훈훈하게 덥혀 주었다. 드디어 자신의 노래를 작곡가에게 받아 발표한 것이다. 꿈의 무대 출신 가수들의 음원 사이트가 열리고 12월 콘서트 준비도 하고 있다는 푸른 희망의 소식도 있었다.

그가 지닌 사연은 눈물겨웠는데, 온갖 일용직을 전전하면서도 노래를 포기하지 않는 아들을 위해 따스한 응원을 해주던 엄마가 "김치 갖고 갈게."라는 마지막 말을 남기고 교통사고로 세상을 떠났다고 한다. 그의 가슴 저미는 노래는 엄마에게 바치는 사모곡이다.

암수술을 4번이나 하고 지금도 암투병 중인 60대 중반의 남편은 아내의 헌신적인 사랑에 보답하고자 출연을 결심했다. 아내가 있었기에 지금의 내가 있다는 그의 진심 어린 고백은 황혼이혼이 만연한 요즘 가슴에 차오르는 감격을 전해주었다.

치매 할아버지를 위해 도전했다는 중3 여학생과 친구 2명의 앳된 스파클링 중창단의 모습과 어여쁜 마음은 누구나 미소 짓게 하였다. 사람을 행복하게 해주는 사람이 되라는 가르침을 준 할아버지가 손녀를 알아보실 수 있을 때 꼭 보여드리고 싶었다는 그 기특한 마음은 수백 번 칭찬해 주어도 부족할 것이다. 정을 잊은 세태에 한 주먹 가득 보석을 쥐어준 것 같은 따스함이 하루의 시작을 살맛나게 하였다.

유쾌한 사연도 있었다.

한 청년의 사연인즉 머무를 거처가 없어 일하던 와인 바에서 잠을 청하는데 복면강도가 침입했단다. 강도와 눈이 딱 마주쳤는데 악의가 느껴지지 않기도 했지만 우선 너무 두려워 살려달라고 두 손으로 빌면서 의자를 권했더니 순순히 앉았다고 한다. 강도는 청년이 견디기 힘든 배고픔을 어떻게 참아내고 있는지, 얼마나 간절하게 가수가 되고 싶은지 사연을 풀어놓았더니 절대 포기하지 말고 반드시 가수의 꿈을 이루라고 용기를 주더란다. 와인 한 병이라도 가지고 가라 했더니 "술 못 마신다." 하며 그냥 나가던 쓸쓸했던 강도의 뒷모습이 잊혀지지 않는다고 담담하게 말하였다. 경찰 지망생이었던 그는 힘도 패기도 있었지만 복면강도와 인간적인 대화로 비극을 막지 않았을까 하는 생각이 든다. 그 강도도 다시는 강도짓을 하지 않았을 것 같다. 피치 못할 사정 때문에 행한 초범이었을지도 모르겠고….

내가 진심을 가득 담아 가장 힘찬 응원과 격려를 보냈던 사람은 한쪽 다리로 살아가는 54세의 연택 씨였다. 그는 4세 때 교통사고를 당해 목숨은 간신히 건졌지만 왼쪽 골반 아래를 절단해야만 했다. 그의 부모님은 마음의 병 때문이었는지 의족을 한 채로 성장하는 아들을 보살펴 주지 못한 채 일찍 세상을 떠났다고 했다. 슬픔을 지닌 채 성장한 소년은 특별한 음색의 목소리로 노래에 의지해 착하게 성장했다. 생계가 막막했으나 성실하고 착한 성품으로 주위의 도움도 받고, 뛰어난 노래 실력으로 라이브 무대에도 서게 되었다. 자신의 노래를 좋아하는 사람들이 많아지면서 그는 봉사로 시선을 돌렸다. 외롭고 지친 노인들을 위해서 요양원 봉사를 9년째 하고 있는 따뜻한 영혼을 지닌 사람이었다.

불구의 연택 씨가 어떻게 세상을 살아냈을까?

세상과의 대화에 서툴러 단절된 상황에서 비명조차 지르지 못하고 캄캄한 절망 속에서 허덕이며 지낸 시간도 많았을 것이다. 그를 일으켜 세운 건 좋아하는 노래, 그리고 격려와 사랑으로 용기를 준 그를 아끼는 사람들이 있었기 때문이었을 것이다. 또한 자신보다 더 외로운 노인과 이웃을 위해 봉사한 긍정의 에너지가 뿌리가 되어 힘을 낼 수 있었던 것이다.

드디어 의족의 연택 씨는 5승을 거둠으로써 가수의 길이 열렸다. 이른 아침 집이 떠나갈 만큼 나는 오랫동안 박수를 보냈다. 그동안 익힌 한쪽 다리 자전거로 전국을 누비며 하는 모금도 힘을 받을 것이다. 작곡가에게 자신만의 곡도 받을 것이다. 한쪽 다리의 자신도 이렇게 꿈을 이루었는데 절망하지 말고 노력하기를 당부하는 그의 표정에서 사소한 절망은 부끄러움이 되리라는 소중한 교훈을 깨닫게 된 시간이었다.

배려

잣눈이 내린 겨울 아침, 쌀을 안치려고 부엌에 들어간
어머니는 불을 지피기 전에 꼭 부지깽이로 아궁이 이맛돌을
톡톡 때린다 그러면 다스운 아궁이 속에서 단잠을 잔
생쥐들이 쪼르르 달려 나와 살강 위로 달아난다

배고픈 까치들이 감나무 가지에 앉아 까치밥을 쪼아 먹는다
이 빠진 종지들이 달그락대는 살강에서는 생쥐들이
주걱에 붙은 밥풀을 냠냠 먹는다 햇좁쌀 같은 햇살이
오종종히 비치는 조붓한 우리 집 아침 두레반.

오탁번 시인의 시 「두레반」이다.
이 시를 읽을 적마다 마음이 한없이 따뜻해져 온다.
생쥐나 까치들까지 배려한 푸근함이 마음 가득 온기를 전해
온다. 사랑하는 마음 없이는 이런 배려하는 마음은 생겨나지
않을 것이다. 나보다 남을 먼저 생각하는 따뜻한 마음, 이런 마
음이 곧 사랑 뒤에 따라오는 훈훈함이다.

어렸을 적 배고팠던 시절 된장이나 간장을 얻으려고 집에 찾아온 이들에게나 지나가던 상인들에게도 꼭 밥 한 술 뜨고 가라고 권하시며 사랑과 배려를 실천하시던 어머니 생각이 난다. 우리도 가끔씩 죽을 끓여먹던 시절로, 온 식구가 방 하나만 쓰던 겨울날 적잖이 당황스럽고 짜증스럽던 기억이다.

6.25전쟁 후 살아가는 모습이 궁핍하기 이를 데 없던 시절, "엄마는 왜 아무나 방엘 들이고 그래." 내가 볼멘소리를 하면 "시래기죽이라도 나눠 먹어야지. 배고픈 서러움처럼 큰 것이 없느니." 하셨다.

어른이 된 후에 나도 똑같이 가끔 경비 아저씨의 식사를 챙기거나 집에 손볼 것이 있어 기관실 사람을 부르면 꼭 다과라도 대접하는 버릇, 시간이 없다고 사양하면 갖고 가도록 챙겨주곤 하는 나 자신에게서 어머니의 모습을 떠올리곤 한다.

10여 년 사용하던 게르마늄 도자 침대가 고장이 나 어렵게 공장 직원과 연락이 되었다. 삼성 같은 대기업의 제품은 오래된 것이라도 철저하게 애프터서비스가 되지만 중소기업의 경우 10년 넘으면 연락도 힘들고 오래된 부품은 구하기 어려워 소비자가 아무리 곱게 사용하더라도 한계가 있다. 다행히 제작 회사가 건재하게 운영되고 있어서 2시쯤 약속 시간을 잡고 기사가 오기 전 점심식사를 끝내려 서두르고 있는데 폰이 울렸다. 볼일이 생각보다 빨리 끝나 곧 댁에 도착하겠다는 전화였다. 내가 간단하게 먹으려고 준비하던 식사에 국도 데우고 반찬들을 찾아 제대로 된 점심상을 준비하였다.

문제는 1시가 지난 시간이라 나도 몹시 배가 고팠던 것이다. 하지만 기사가 우리집에서 무거운 도자 커버를 갖고 원주공장까지 가려면 얼마나 시장할 것인가. 때가 되면 누구에게나 밥 한 술 뜨고 가라던 어머니의 목소리가 들리는 듯하였다.

도착한 기사는 선한 인상의 젊은이였다. 설명도 상세하게 해 주었고 일을 처리하는 태도도 성실하여 호감이 갔다. 고장난 부분은 간단하게 전선 부분만 연결하여 고치면 수리비도 많이 나오지 않는 상태였다. 부품 전체를 바꾸라며 많은 돈을 요구할 수도 있었을 것이다. 식사대접을 하지 않았어도 양심적으로 일을 처리했을 사람이었지만 나의 친절한 배려 때문에 더욱 최선을 다해 수리를 해 주지 않았을까.

미혼인 줄 알았는데 결혼하고 남매를 둔 가장이라 했다. 대학생 때 부모님이 돌아가셨는데 맛있는 음식을 챙겨 주시니 부모님 생각이 난다는 이야기였다. 자기는 부모님이 손주들 자라는 모습을 보실 수 없어 안타까운데 친구들은 부모님 모셔야 하는 부담 없어 좋겠다고 부러워해서 마음이 씁쓸하다고 하였다. 살아가기 힘든 젊은이들의 부모를 향하여 지니고 있는 공통적인 생각이 짐작되었다. 많은 이야기를 나누면서 바른 생각을 갖고 사는 젊은이라는 생각이 들어 점심을 건너뛴 시장함이 사라졌다. 그 후 기사는 고장난 부품을 실비로 고쳐 본사 오는 길에 직접 우리집에 들러 완벽하게 설치해 주었다. 배려와 사랑은 삶의 윤활유가 되고 보습제가 된다는 의미를 터득하였다.

「빙점」의 작가 '미우라 아야코'는 마을에서 꾸려가던 상점이 너무 잘되어 밀려드는 단골들이 넘쳐나 쉴 시간이 없었다. 반면 이웃에 위치한 상점들은 손님이 너무 없어 한가하니 민망하고 딱했다. 단골들에게 이웃 상점으로 가게끔 권유하고 사람들이 모여드는 노하우를 알려주어 다 함께 장사가 잘되는 상권을 마련하게 되었다.

이웃을 위한 미우라 선생의 배려 덕분에 이웃들은 다 함께 잘살게 되었고, 미우라 선생은 휴식할 수 있는 시간이 생겨 좋아하던 글을 써나갈 수 있었으며 응모한 작품 「빙점」이 당선되어 유명한 작가의 탄생을 알리게 되었다.

배려의 결실이 이렇게 아름다운 열매로 맺힌 것이다.

사랑을 품은 배려의 온기가 팍팍한 세상을 따스하게 뎁혀 살기 좋은 세상을 만들어주기를 바라는 것은 나의 어리석은 꿈일까!

실수도 공부다

　나이를 먹으면 인물도 학력도 지니고 있는 물질도 다 평준화가 된다고들 말한다. 용의주도한 성격이나 기억력도 평준화 항목에 꼭 끼워 넣어야 한다는 생각이다.

　젊었을 때, 아니 어린 나이 때 하얀 피부와 정돈된 윤곽과 늘씬한 몸매를 가졌던 사람들도 나이들면 그저 평범했던 인물이었던 사람들과 구별됨이 없다. 아니, 볼품없었던 투덕투덕한 인물이 더 후덕하게 보여 보기 좋을 때가 있다.

　또 가진 것이 많은 부자나 중산층이나 겨우겨우 구차한 살림을 꾸려나가야 하는 하층민이나 하루 삼시세끼 먹는 건 똑같다. 값나가는 좋은 재료를 구해 만든 고급스런 요리나 시장에서 산 재료로 만든 음식이나 그 맛이 그 맛이기 때문이다. 젊은 날처럼 식욕이 왕성하지도 못하고 많이 먹지도 못한다.

　차림새도 그렇다. 고급스럽고 유행 따라 만든 옷을 입어도 젊은 날처럼 폼도 나지 않고 허접한 옷을 입은 것과 별로 차이가 나지 않는다. 깨끗한, 무채색의 베이직한 차림새가 더 품위 있어 보인다. 나이든 사람의 요란하고 튀는 모습은 오히려 눈살이 찌푸려지고 천박한 느낌을 준다. 아무리 재산이 많이 있어도 없는 사람과 구별된 삶을 이어가는 것도 아니다. 나누고 베풀지 않는 한 기운 없어 여행도 가기 힘들고 내 몸 쉴 곳 있으면 그게 그거다. 언제 떠날지 모르는 삶, 살아 있는 날까지 통장 잔고가 바닥이면 불안한 일이지만….

　비교적 꼼꼼하고 자기관리가 철저하던 나도 나이 먹은 티를 여러 곳에서 드러내며 어이없는 실수를 하고 만다.

　얼마 전 큰딸아이가 자기 회사에서 만든 액상세제 2박스를 가져다주었다. "엄마, 친환경 세제야. 선별한 식물로 발효시켜 만든 거래." 고급 옷이나 아기 옷 세제로, 회사 고객들의 선물용으로 특별 주문 제작한 것이라는 설명이었다. "응, 잘 쓸게." 향기도, 담긴 박스도 예사롭지 않았다. 어린아이도 없고 어른 둘이 사는 터에 찌든 빨래도 없겠다, 마침 사용하던 세제가 다 떨어져 이튿날 딸려온 작은 계량컵으로 2컵 정도 넣고 세탁기를 돌렸다. 세제를 넣을 때부터 은은하고도 고급스러운 향기가 과연 일반 세제와는 완전히 달랐다. 건조대에 널 때도 기분이 삼삼하였다. 빨래를 접으면서 옷들이 너무 부드러워 "너무 고급도 문제야." 혼잣말을 하였다. 수건이나 속옷이나 폭폭 삶아서 햇볕에 짱짱하게 말리면 까끌까끌하고 빠삭한 그 촉감이 나는 좋았다. 그래서 나는 섬유 유연제를 즐겨 사용하지 않았다. 요즈음은 그런 빨래의 촉감마저 옛일이 되고 말았다.

한 달쯤 후 우연히 세제 설명서를 읽어보니 내가 사용했던 것은 세제가 아니라 섬유 유연제였다. 나는 한 달 동안 섬유 유연제로 세탁을 했던 것이다.

야채나 과일을 사오면 식초를 탄 물에 5분에서 10분 정도 담가 농약이나 먼지를 제거하고 여러 번 맑은 물에 헹구어야 한다. 아무리 하기 싫어도 해야 하는 일이다. 싱크대 아래 칸에 2배 식초를 넣어두고 사용한다. 먹는 식초와는 다르게 사용량이 많으므로 손잡이가 달린 1.8리터짜리 병을 구입한다. 문제는 식용유 병과 크기도 생김새도 똑같은 것이었다. 둘 다 무게가 나가므로 싱크대 위 선반에는 넣지 않았다. 나란히 앉아 있는 병들을 보면서 사용할 때 혼동하면 난리난다는 생각도 들었지만 실수 같은 건 남의 일이라는 생각 때문에 별로 신경쓰지 않았다.

그런데 얼마 전 야채와 과일을 가득 담고 씻으려는 그릇에 식용유를 들이붓고 말았다. "어머머. 어떡해!" 비명을 질렀지만 색색의 과일과 야채들은 이미 기름으로 오염된 바다에 떠 있는 오물처럼 기름을 뒤집어쓰고 있었다. 얼른 건져서 맑은 물에 담글 생각은 안 나고 기름이 분해되라고 식초를 왕창 부었다. 난리도 이런 난리가 없었다. 두어 시간 이상 끊임없이 맑은 물에 헹구어 내도 맛있는 과일들도, 잘생긴 파프리카도, 브로콜리도 기름 마사지를 했으니 한없이 미끈거렸다. 물기가 걷히고 난 후 정갈한 마른 행주로 기름기를 닦아 다시 씻어냈다. 입고 있던 옷이다 젖도록 긴 시간이 걸려서야 과일과 야채를 버리지 않을 만큼 되었다. 요즈음 생필품 값이 얼마나 비싼데…. 죽고 사는 일은 아니었지만 여간 속상하는 일이 아니었다. 이런 멍청한 짓을 한 것도 다 나이 탓일 게다.

결정적인 실수를 또 하고 말았다. 머리가 좋아서라기보다는 찬찬하고 꼼꼼한 성격인 사람은 시원시원하게 일처리는 못해도 덤벙거리는 성격을 가지고 있는 사람들보다 실수를 안 하는 편이다. 내가 그랬다.

살아가는 일상 속에서 마음에 늘 감사함을 품고 있어 식사라도 대접해 드리며 쌓인 이야기를 나누고 싶은 분이 있게 마련이다. 하지만 서로의 바쁜 일정 때문에 시간 맞추기가 여간 어렵지 않다. 대학 교수로 재직하시면서 사랑 가득한 교회를 이끌고 계시는 김 목사님 내외분과 오랜만에 식사 약속을 하게되었다. 내가 청한 경우에도 식사 값을 먼저 결제하시는 경우가 종종 있어서 이번에는 절대로 기회를 놓쳐서는 안 될 일이었다. 평범한 일상 속에서도 언제나 따뜻한 사랑과 격려로 배려해 주심은 물론 내 글쓰기에 최고의 독자이시다. 낭송하는 글을 들어 주실 때마다 힘찬 응원으로 칭찬과 함께 힘을 실어 주시는 분이다. 책이 출간되었을 때도 축하의 메시지와 함께 꽃바구니를 보내 주셔서 마음속 가득 햇살이 퍼져 왔다.

식사비를 계산하려고 계산대 앞에 섰을 때 아뿔싸 지갑이 안보인다. 집 앞에서 승용차로 이동하였기에 잃어버렸을 리는 없고 가방을 바꾸어 드느라 빠트린 것이다.

친자매 같은 안 권사와 함께였으므로 크게 낭패될 일은 없었으나 식사비는 이미 계산이 되어 있었다. 그 일로 나는 오랫동안 자신감을 잃고 헤매는 심정이 되었었다.

어렸을 때부터 지금까지 다른 사람들에게도 나 자신 스스로도 틀림없는 사람이었다. 기억력도 지나치게 좋았고 물건을 잃어버리는 경우도 거의 없었다. 결혼 전 은행에 근무할 때 예산안 편성과 급여계산이 나의 주된 업무였다. 본부 직원이 500여 명이 넘었었는데 나는 전 직원의 본봉과 입행 날짜를 정확하게 기억하고 있었다. 인사 카드를 확인해야 할 일이 있으면 책임자들이나 다른 부서 사람들도 내게 물어오곤 했었다. "우리 남양은 살아 있는 컴퓨터지." 이렇게 칭찬해 주시면서…. 형제들이나 친구들도 아리송한 기억으로 옛일이 헷갈릴 때면 언제나 "춘길이에게 확인해 보면 돼." 이런 식이었다. 지나침의 기억은 아직도 재미있는 추억으로 또는 쓸데없는 기억의 바다에서 잠자듯 남아 있다. 나의 이런 성격이, 이런 분위기가 나는 아주 마음에 들지 않았다. 그건 총명함보다는 신산스러운 궁상끼로 생각이 들곤 했었다.

나의 이런 실수는 나이 탓만도 아닐 것이다. 주의력 부족도 한몫하지 않았을까. 지금까지의 나와는 전혀 다른 허술한 나의 실수는 공부가 되기도 하고 한바탕 웃음을 불러오기도 했다. 똑같은 실수는 하지 않을 터이다.

내 나이가 어때서

오승근 씨가 발표했던 노래가 우여곡절 끝에 확 뜨더니, 인기가 수그러진 후에도 노랫말 때문인지 패러디한 가사가 장난이 아니다.

"야 야 야 내 나이가 어때서/사랑에 나이가 있나요/마음은 하나요 느낌도 하나요/그대만이 정말 내 사랑인데/(중략)/세월아 비켜라 내 나이가 어때서/사랑하기 딱 좋은 나인데."

복지관마다 신나게 불러대는 이 가사를, 어느 며느리가 맨 마지막 소절 '사랑하기 딱 좋은 나인데'를 '저승 가기 딱 좋은 나인데'로 바꾸어 불렀다니 괘씸천만이다.

모임이 있을 때마다 이 이야기를 나누면서 한바탕 웃었지만, 이해가 안 되는 것은 아니다. 죽을 때가 다 되어 가는데, 늙은이답게 조용히 살아갈 일이지 무슨 사랑 타령이냐, 이 뜻일 게다.

젊은이들은 연애도 결혼도 출산도 포기해야 하는 삼포시대를 살고 있는데, 아기들이 태어나는 숫자는 점점 줄어드는데, 노인들의 수명은 점점 늘어나 100세 시대를 바라보고 있으니 보통 문제가 아닌 것 같다. 10여 년 후면 고령화 인구가 빠르게 늘어나 초고령화 시대로 접어든다는 언론 보도를 보면 한숨이 절로 나온다. 그러나 어쩔 것인가. 삶도 죽음도, 생명의 흐름은 인간 영역 밖의 일인 것을!

나이든 노년층에게도 사랑이 찾아올 수 있다는 것을 젊은이들은 이해할 수 없는 것 같다. 가슴속 깊은 곳으로부터 피어오르던 감미로운 슬픔 같기도, 목마름 같기도, 떨려오는 환희 같기도 한 설렘. 젊은 날의 사랑이 이런 감정이라면 노년의 사랑은 따뜻함이 느껴지는 신뢰감으로, 이끌림이 느껴지는 그런 감정이 아닐까? 사랑의 빛깔은 다를지라도 오래 참고, 배려하고, 이해하는 노년의 사랑에 깊음이 더 실릴 것 같다.

60이 넘어서 결혼한 친구가 있다. 교수였던 친구는 홀로 지내던 생활을 과감히 뒤로하고 결혼을 했다. 지금은 정년퇴직 후 선교사 자격으로 후배들에게 강의를 한다. 친구가 원하던 대로 여행도 함께 자주 다니면서….

응원과 격려의 박수로 행복을 빌어주는 것이 친구를 향한 예의가 아닐까.

이제 60대부터 70대 중반까지는 노인이 아니라 신중년이란다. 의술의 발달로 수명은 연장되고 예전과 달리 외모도 노인 아닌 노인이다.

그러나 나이를 먹고 철이 들어간다는 것은 슬프고도 쓸쓸한 일이다. 내가 어떤 인간인지, 어떻게 살아왔는지, 앞으로 어떻게 살아가야 하는지를 확연히 깨달아 아는 순간부터 겸손과는 다른 아픔이 다가온다.

열심히 살아왔지만 살아온 많은 날들이 촘촘하게 엮인 그물처럼 내 뒤에 쌓여 있다. 대책 없이 나이만 주워 먹은, 밥만 축내는 노년의 그림자가 나를 에워싸고 있다. 그 쓸쓸함 앞에서 자존감을 찾을 수 있었던 것은 일본의 할머니 시인 '시바타 도요'의 시와 그 분의 이야기를 접하고 나서다.

"누구에게나 아침은 반드시 찾아온다", "약해지지 마"라고 노래한 시인은 92세에 시를 쓰기 시작해 98세에 첫 시집을 출간해 화제를 모았다. 일본에서만 160만 부가 팔렸다니 놀라운 일이다. 살아가는 것이 괴롭고 힘들어도 살아 있어서 좋았다는 노시인의 시는 체념과 포기에 익숙한, 평범하게 살아가는 우리 모두에게 강렬한 희망을 심어주었다.

65세까지 볼쇼이 발레단에서 현역으로 활동했던 '마야 플리세츠카야'는 20세기 최고의 백조답게 80세 생일을 기념하는 무대에 섰고, 90세 생일을 위한 갈라 콘서트를 준비 중이었다니 입이 딱 벌어질 뿐이다. 그분들에 비하면 내 나이는 얼마든지 새로운 일에 도전해도 좋을 나이 아닌가!

톡톡 튀는 순발력으로, 기발한 아이디어로 참신한 작품을 발표하는 젊은 작가들의 작품을 읽어보면 주눅이 들어 글 쓸 엄두가 나지 않았다.

밋밋하고 재미없는 글은 도대체 누구에게 읽혀질 것인가 하는 자괴감을 자신감으로 바꿀 수 있는 계기가 되었다.

오랜 시간 살아오면서 겪어낸 일들, 세월의 두께가 쌓이면서 터득한 지혜, 외롭고 허기진 이들을 깊이 품을 수 있는 너그러움, 부대끼면서도 아름답게 나누어 갖는 따뜻한 마음들, 모아서 묵은지처럼 깊고도 구수한 글을 쓸 수 있는 나이가 값진 자산이라면 이보다 더 향기로울 수는 없을 것이다.

"야 야 야 내 나이가 어때서, 글쓰기에 딱 좋은 나인데."

나는 생전 처음 손뼉 치며, 몸을 흔들어 춤추고 싶은 싱싱한 욕구에 사로잡혀 본다.

소망회를 그립니다

소망회 합창 연습 시간은 과거로의 추억 여행이다.

눈부신 흰 칼라에 감색 교복을 입었던 아득한 옛날, 여고시절 음악 시간처럼 자세를 바로하고 입을 동그랗고 크게 벌려 "아아아" 발성 연습부터 시작한다.

그때 그 시절 우리들이 즐겨 불렀던 노래들.

가을에는 '아! 가을인가, 가을인가 봐', 봄에는 '목련꽃 그늘 아래서 베르테르의 편질 읽노라 구름꽃 피는 언덕에서 피리를 부노라' 하는 사월의 노래를 불렀었다.

우리들의 청아했던 목소리는 음악실 창을 넘어 가을에는 시리도록 푸른 하늘에 가 닿았고, 봄날엔 연초록 잎새에 휘감기곤 했다.

윤기 흐르던 검은 머리는 푸석푸석한 채 듬성듬성해졌지만, 반듯하던 윤곽은 나이테를 얹고 옛 모습이 희미해졌지만 우리들의 영혼은 여전히 푸르게 숨쉬고 있는 것 같다. 그렇지 않고서야 노인들이 부르는 합창이 이렇게 아름답게 조화를 이루어

듣기 좋을 수가 없다.

합창 연습 시간에 주로 부르는 노래는 지나간 날에 즐겨 불렀던 노래들이다. 〈비목〉, 〈그리운 금강산〉, 〈눈 오는 날에〉, 〈사월의 노래〉, 〈가을의 노래〉 등.

마음을 하나로 모으고, 목소리를 가다듬어 합창을 하다 보면 어느새 마음은 소녀시절로, 젊음의 시간들로 보폭을 넓혀 들어가고 있는 것이다.

햇살처럼 밝았던 꿈의 흔적도, 고갈된 꿈 때문에 좌절했던 고뇌의 시간들도 아득한 그리움으로 남았을 뿐이다.

눈부셨던 젊음은 자취도 없이 사라졌지만 따뜻하고 너그러운 성숙의 자태가 우리 모두에게 스며들었다면 그보다 더 큰 축복이 어디 있으랴!

소망회는 70세가 넘어야 회원이 될 수 있다. 71세부터 90세가 넘으신 어른들로 회원 구성이 이루어진다.

권사 은퇴를 앞두고 쓸데없는 걱정을 한동안 한 적이 있었다. 권사회에서도, 다른 부서에서도 거의 맏언니 역할을 하다 보니 나잇값을 해야 한다는 부담감이 있었다. 소망회로 올라가면 막내가 되는 것이니 꽃띠가 되는 것은 좋지만 잔심부름까지 모두 나의 몫이 될 것 같았다. 다행히 교회에서 젊은 집사님들로 소망회 부감 임명을 해 주셔서 꽃띠로서의 기쁨만 누리게 되었다.

소망회 예배는 수요일 오전에 드린다.

예배가 끝나면 생활에 필요한 특강이 준비되어 있다.

꼭 필요한 건강 강좌, 영어 회화, 일본어 회화, 지극히 기초적인 수준이지만 배움의 시간은 노년들에게 활력을 주는 행복한 선물의 시간이다.

교회에서 준비해 주시는 맛있는 점심식사가 끝난 후 합창연습이 있다.

참여를 원하지 않는다면 자유롭게 돌아가도 좋다.

요즈음 연습곡은 흑인영가 중의 〈신자 되기 원합니다〉이다. 주님께 드리는 간절한 신앙 고백이다. 당신의 자녀가 되기를 진심으로 간구하는.

크리스마스 전 주일 찬양예배에 소망합창단의 발표가 있다.

작곡자의 표시대로 때로는 강한 음색으로, 때로는 조용하지만 깊은 음색으로 4파트가 열심히 하나 되는 연습을 한다.

합창의 가치는 아름다운 하모니를 이루는 화합에 있을 것이다. 제아무리 좋은 소리를 낼 수 있어도 혼자서 튀지 않고 함께 스며드는 화합의 한목소리로 교우들에게 다가가고 싶다.

이제 크리스마스가 지나고 새해가 되면 모두가 한 살씩 나이를 더 먹을 것이다. 맛있게 먹은 나이는 아니지만, 그 나이에 맞게 육체의 쇠잔함을 넘어선 온기 가득한 깊음을 허락받고 싶다.

제3부

어머니의 뜨락

그리움 곁으로

지난날들의 추억은
아픔까지도
살가운 그림이 된다
아득히 먼 달빛 속에
숨겨져 있는 그리움처럼.

어머니의 장독대

어머니의 장독대는 보물 창고다.

햇살 바른 뒷마당. 크고 작은 항아리들이 줄지어 서 있다. 반짝반짝 윤나는 항아리들은 배불뚝이 큰형부터 막내 꼬마까지 집안을 지켜내는 용사들처럼 당당하게 자리를 지키고 있다. 장독 밑에는 반듯하고 깨끗한 네모난 돌들이 방석처럼 깔려 장독을 받치고 있었다. 숨바꼭질하기 좋았던 은밀하고 아늑했던 놀이터엔 소꿉놀이 밥상도 여럿 있었다. 음력설이 지나고 햇살이 좀 두터워진 날이면 어머니의 새하얀 행주치마가 눈부시고 네모난 메주들이 목욕을 하면 장독대 출입금지가 명하여졌다.

곡식 거두기가 끝난 가을, 샛노란 콩으로 메주를 쑤는 날은 명절을 준비하는 날 이상으로 사람들이 모이고 집 안 가득 달콤하고 구수한 냄새로 가득 찼다. 커다란 가마솥에서 물렁하게 잘 익은 콩들은 돌절구 속에서 적당히 매를 맞고 나서야 깨끗한 무명 보자기에 싸여 사각형 메주 틀에 넣어졌다. 단단하게 모양을 만들 때 아이들은 놀이삼아 메주보자기 위에 서보고 싶어 안달을 했다. 나도 질세라 침을 삼키며 주위를 맴돌면 번쩍 안아 밟아보게 해 주었다. 노란 메줏덩이가 완성되면 적당히 건조되었을 때 실하게 생긴 짚단에서 골라놓는 지푸라기를 살짝 꼬아 메주걸이를 만들어 방마다 달아 메주 띄우기에 들어갔다. 구수함에 가까운 쿰쿰한 냄새와 더불어 솜털 나듯 하얀 곰팡이가 솟아올랐다. 노란색을 잃지 않으며 발효되는 과정을 어머니는 찬찬히 살펴보곤 하셨다.

   손수 빚은 네모난 메주들이 적당히 풀린 소금물에 띄워져 한걸음에 달려온 햇살과 바람결에 맛있게 익어갔다. 적당한 소금물 농도는 물 2동이에 소금 1말이다. 물 2동이는 양동이로 3쯤이다. 달걀 2개가 소금물에 동동 뜨는 걸로 어머니는 소금물 농도를 가늠하셨다. 아직까지 적당한 소금물 농도를 숫자로 기억하고 있는 것은, 어머니가 돌아가시기 전까지는 나도 장 담그기를 어머니께 배워 정성껏 익혔기 때문이다. 소금물에 메주가 떠오를 듯할 때 달궈진 숯덩이, 다홍고추, 붉은 대추알, 통깨를 듬뿍 쳐 마무리한다. 사흘 후 장독 뚜껑을 열면 벌써 보기 좋게 우러난 장항아리 속 액체가 간장 빛을 띠고 있기 마련이다. 서너 달쯤 지났을 때 간장과 된장을 분리하는 일도, 장 달이는 일도 집안의 큰 행사였다. 집 안 가득 달콤 짭잘 퍼지던 장 달이던 냄새! 장맛은 그 집안의 흥망성쇠를 가늠하는 혼이라고 늘 말씀하시던 어머니의 큰며느리 자존심을 지켜내는 신념 같은 것이었을까. 묵은간장, 햇간장, 진간장, 햇수 따라 구분되던 간장의 종류. 먹음직한 색깔로 존중되던 된장의 맛. 고추장도 찹쌀고추장, 보리고추장, 쓰임새 따라 진하게 좀 옅게 빚어내던 솜씨. 된장, 고추장 안에 박아서 밥상에 오르던 별미 밑반찬. 그뿐인가, 문밖 채소밭에서 연두색으로 보드랍게 자라난 상추 잎에 쌈장으로 얹어 먹던 담북장의 구수하고도 새콤달콤했던 기막힌 맛은 어머니의 특허였는지 어느 음식점에서도 맛볼 수 없다.

6.25전쟁이 발발하기 전 새해가 되면 항상 손님 초대가 있었다. 아버지와 우의를 다지던 친구들, 은행의 높은 고객들 등 100여 명이 훨씬 넘는 손님들로 집 안이 가득 차 떠들썩하였다. 유명한 소리꾼도, 만담가도 초청되었었다.

그 시절에도 유명한 음식점에서 치를 행사였으나 뛰어난 어머니의 음식솜씨가 소문이 나 집에서 준비한다는 것이었다. 아버지도 원하셨고 어머니도 기꺼이 음식 준비를 즐겁게 하셨다. 메뉴를 짜는 일부터 모든 음식을 어머니가 손수 장만하셨다. 집에 일을 돕는 분들이 몇 명 있었으나 웬만한 주부들 같으면 엄두도 못 낼 일이었다. 많은 손님들은 칭찬 일색으로 음식맛을 이야기했고 그때 가장 이름을 날리던 일류 음식점보다 맛있고 훌륭하다는 치하를 넘치도록 들으셨다. 손님들이 도착하기 전 꽃보다 아름다운 색채로 차려진 음식상을 엄마가 점검할 때면 나도 예쁘게 차려입고 졸졸 따라다녔다. 눈이 모자랄 만큼 길게 이어지던 교자상 위에 각종 색다른 음식이 차려졌었는데 지금 생각나는 것은 상 위에 장식품처럼 준비되어 진열되었던 신선로였다. 반짝이게 닦여진 놋 신선로는 얼마 전까지 간직했다가 결국 재활용으로 처리하면서 어머니 생각으로 가슴이 시려왔다. 다음 날이 되면 초대한 날의 총평이랄까, 아버지께도 일을 도운 이들에게도 하신 말씀이 음식맛은 장맛에서 나온다는 것을 강조하시곤 했다. 남은 음식을 가까운 분들과 이웃에게 나누시며 즐거워하셨던 날들을 추억하면 초라해진 시골집 생각으로 이어지곤 한다.

밑바닥으로 추락하듯 낡고 허름한 고향집 뒤뜰에서도 여전히 어머니는 장 담그는 일을 소중하게 여기셨고 장독대를 지켜내셨다. 장맛이 그 집안의 혼이라고 여겼던 어머니의 뛰어났던 음식 솜씨, 누구도 따를 수 없었던 요리 비법은 보물 창고 장독대가 지니고 있었다.

남편도 잘난 자식들도 다 놓쳤어도 한 집안의 큰며느리로서 어머니가 지켜내고 싶었던 것은 가문이었을까, 어머니의 자존감이었을까, 아니면 눈물 섞어 키워낸 자식들의 행복이었을까.

쑥버무리

친구네 전원주택으로 나들이 갔던 날, 봄내음 가득차오르는 들로 쑥을 캐러 나갔었다. 그날 푸르게 펼쳐진, 쑥이 돋아난 언덕 위에 서니 쑥에 얽힌 어머니와의 옛날 기억이 아픔처럼, 아니 그리움처럼 보채듯 마음속으로 들어왔다.

6.25전쟁이 정전으로 마무리되면서 부산으로 피란 갔던 정부의 일부 기관들도, 많은 시민들도 서울로 돌아왔다. 서울에 있던 학교들도…. 그러나 아직도 부산에 더 많은 서울 시민들이 남아 있었는지 서울의 학교들은 분교처럼 운영되고 있었다.

1953년 나는 정신여중 신입생이 되었는데 본교 건물에는 미군 부대가 주둔하고 있었다. 그래서 종로5가 연동교회 지하에서 한동안 수업을 받아야만 했다. 피란 갔던 시골의 초등학교를 졸업한 후 원하던 중학교는 따로 있었으나 진학에 실패하고 입학한 중학교 생활은 새로운 시작임에도 활기차기는커녕 쓸쓸하고 슬펐다. 시골 초등학교지만, 전체 일등이었다는 자존심도 무참하게 무너졌고, 엄마와 떨어져 지내야 하는 쓸쓸함이 가장 큰 이유였을 것이다. 식구들이 함께 서울로 이사할 형편이 도저히 안 되니까 엄마와 동생은 시골에 남고, 언니와 나 둘이서만 작은방 하나를 구해 서울에서 자취를 해야만 했다. 성냥불 켜는 것조차 무서워했던 내게, 처음 해보는 밥 짓기란 공중에서 외줄 타기만큼이나 어려운 일이었다. 가느다란 성냥개비 머리와 유황이 부딪히면서 확 불꽃이 튀면 손으로 불이 옮겨붙을 것 같아 당겨진 성냥불을 내던지곤 했다. 언니와 같이 지내는 생활이었지만 둘의 실력은 비슷했다. 제대로 먹지도 못하고, 비 맞은 병아리처럼 풀죽어 지내는 우리 자매가 눈에 밟혀 엄마는 노심초사 밤잠을 못 이루며 지내야 했고, 궁핍한 살림이라도 식구들이 함께 모여 살 수 있으면 얼마나 좋을까, 어린 나이지만 뼈저리게 느꼈었다.

엄마는 익숙지 않은 농사일 틈틈이 어렵게 시간을 내어 우리들을 보러 오시곤 했다.

시골집은 서울에서 아주 먼 거리는 아니었지만, 시외버스를 두 번 갈아타야만 했다. 시외버스 정류장이 연동교회 근처 종로5가에 있었으므로 엄마는 서울에 올라올 때마다 학교에 먼저 들르곤 했는데, 나는 딱 질색이었다. 엄마는 조금이라도 빨리 나를 보고 싶어서, 또 시골집에 일이 너무 많아 곧바로 내려가려면 우리들을 못 보고 가게 될까 봐 그러신 것 같았다. 그 마음은 이해가 되었지만 나는 너무 싫었다. 누구나 식구를 밖에서 만나면 어색하고 거북한 법이다. 하물며 쌀자루를 머리에

이고 양손에 올망졸망 반찬 보따리를 든 모습이라니…. 6.25전쟁이 일어나기 전, 아버지가 살아계실 때 빛나는 모습으로 학부모 회의를 주관하던 엄마가 후줄근한 모습으로 내 앞에 서 있는 것만으로 난 가슴이 아팠고 알 수 없는 분노가 치밀어 올랐다. 엄마는 학교에 오래 머물지는 않았다. 밥은 제때 먹는지, 언니와 싸우지는 않는지 묻거나 옷깃을 바로잡아 주고 내 머리칼도 쓰다듬어 주셨다. 나는 대답도 하는 둥 마는 둥 엄마가 빨리 가 주기만을 바랐었다.

쑥들의 새순이 돋아나던 어느 봄날, 엄마가 학교에 들렀는데 그날은 다른 날과 달리 예배실로 올라가는 본당 앞 계단 밑에 자리를 잡고 앉으며 너도 앉아보라고 했다. "쑥버무리를 쪄 왔는데 따끈할 때 먹어봐라." 점심시간이긴 했지만 나는 울화가 치밀어 올랐다. "그까짓 쑥버무리가 뭐라구." 내가 하도 화를 내며 펄펄 뛰니까 엄마도 주섬주섬 보자기를 싸서 일어나 휭하니 가버렸다. 그날 내 눈에 비친 엄마의 뒷모습은 한없이 초라했다.

해보지 않았던 험한 일에 앙상한 두 어깨는 균형을 잃고 비뚤어져 있었고, 머리에 이고 있는 물건은 곧 떨어질 것처럼 위태로워 보였다. 가슴속 깊은 곳으로 시린 바람이 일었다.

학교가 끝나고 집으로 갔을 때, 엄마가 차려놓고 간 밥상 위에 쑥버무리가 놓여 있었다. 온기가 남아 있는 떡 한 조각을 입에 넣으니 쫀득한 맛과 쑥 향기가 입안 가득 차오르면서 목이

메었다. 후두둑 눈물방울이 손등으로 떨어졌다. 잠자리에 들기 전 일기를 쓰면서 학교에 찾아온 엄마에게 성질부린 이야기는 빼놓고 적었다. 일기를 읽을 담임선생님에게 창피해서였다.

며칠 후 종례시간에 선생님이 내 일기를 읽어주셨다. 누구의 일기인지 이름을 밝히지 않으셨지만 칭찬과 격려를 아끼지 않으셨다.

영문학을 전공했던 미혼의 선생님은 내 일기에서 쑥 향기와 더불어 봄내음을, 애틋한 엄마의 정을 읽어내신 것 같았다. 아니면 며칠 전 교무실 창을 통하여 실랑이를 벌이고 있던 우리 모녀의 모습을 보신 것은 아니었을까?

해마다 햇쑥이 나올 무렵이면 떡집 진열대엔 쑥버무리가 잠깐 등장한다. 그럴 때면 "어머나! 쑥버무리네!" 탄성을 지르며 추억에 잠기곤 한다.

따뜻하고 자상한 엄마를 목말라했던 내게, 대차고 강했던 어머니는 사랑을 마음 안으로만 끌어안은 엄격한 어머니셨다.

쑥 같은 강인함으로 가문을 지키고, 자식들을 반듯하게 키워내신 어머니는 올곧은 성품과 날선 표현으로 호랑이 마님이라는 별명으로 불리었지만, 사람을 귀히 여기며 속정 깊었던, 우리 시대 어머니의 표본이셨다.

아가위 등에 업혀

조경이 잘 되어 있는 아파트 단지에는 유실수가 많다. 공원의 숲길에도 계절마다 옷 갈아입듯 변화를 주는 나무들이 열매를 맺고 인사를 해 온다. 나무들의 표정에서 살아 있는 환희의 외침이 들려오는 듯하다. 살구, 감, 대추, 자두, 앵두, 은행, 모두 먹을 수 있는 과일들이다. 반듯반듯 썰어 차를 만들 수 있는 향기 나는 모과까지. 유독 시선이 가는 것은 먹을 수 없는 아가위 열매다. 이른봄 푸른빛으로 작은 열매가 맺혔을 때부터 걸음을 멈추게 되는 추억의 열매다. 나뭇잎도 열매도 가을이 깊어지면서 붉게 물들어가면 마음은 탐스런 아가위의 등에 업혀 고향집 우물가로 내달린다.

그곳 울타리에도 아가위나무 한 그루가 싱싱하게 서 있었다.

맑은 물이 거울처럼 고여 있는 우물가에는 솜씨 좋은 엄마의 날랜 손이 녹두 거피 내리느라 분주했고 할머니의 굽은 등은 도토리 알 여러 번 헹구느라 힘겨워했었다. 녹두는 녹색 껍질을 벗겨내고 크림색의 속살을 곱게 으깨어낸다. 도토리는 짙은

갈색의 물을 우려 오래 담그면 앙금이 가라앉고 건조된 녹말가루로 묵을 쑤는 것이다.

검은 보자기를 씌운 시루에서 노란 모자를 쓰고 쑥쑥 자라나던 콩나물. 그 근처를 맴돌며 거울삼아 들여다본 우물 안에는 단발머리 앳된 음성이 메아리치던 그곳! 비록 배고픈 피란 시절이었지만 한 폭의 그림처럼 내 마음 안에 새겨진 동화다.

병원에서 어머니의 시신을 옮겨가던 날, 두 다리 뻗고 통곡하시던 할머니의 핏빛 울음을 붉게 익은 아가위나무가 위로하여 쓰다듬듯이 가을바람에 가만가만 흔들리고 있었다. "에미 먼저 가면 나는 어떻게 하라구. 나도 데리고 가…." 세 아들에 이어 며느리까지 앞세운 92세 노모의 울음 섞인 절규였다.

갑자기 쓰러져 일주일쯤 입원해 있다가 주검으로 돌아온 어머니를, 자식인 우리들도 그 상황을 받아들일 수 없기는 마찬가지였다. 뇌출혈이라는 진단인데 자식들 아무도 어머니가 고혈압이라는 사실을 모르고 있었다. 울음이 나오지도 않았고, 가슴이 터질 것 같기도 하고, 꽉 막혀 제대로 숨이 쉬어지지도 않았다. 오래 투병생활을 하셨다면 마음의 각오가 되어 있어 슬픔과 충격이 덜 했을 것이다. 당연히 할머니를 위로해 드려야 했는데 혼이 나간 듯 위로의 말도, 안아드리지도 못했었다.

그날 아침, 의료진과 한 분 남은 숙부님이 마지막으로 갈아입혀 드릴 옷을 한 벌 준비하여 두는 것이 좋겠다고 하셨다.

나와 동생이 옷을 가지러 시골집에 다녀왔는데 그 사이 소천하신 것이다. 그때 할머니께서 왜 너희들만 왔느냐고 에미는 언제 오느냐 물어보실 때 어머니의 증세가 괜찮은 것처럼 말씀을 드렸던 것이다.

　병실로 뛰어 들어가 하얀 시트를 제치고 어머니의 마지막 모습과 마주하였다. 그때까지 온기가 남아 있는 어머니의 이마에 손을 얹고 머리칼을 가만히 쓸어보았다.

　참으로 힘겨웠던 삶이었다. 18살에 남씨 가문으로 시집와 51년 동안 가문을 지키고 6.25전쟁 이후 남편 없는 가정을 이끌며 배고픔을 견뎌온 자식들을 반듯하게 키워낸 강인했던 여인, 어떤 어려움 앞에서도 비굴하지 않고 당당했던 어머니는 그렇게 잦아들듯 떠나가셨다. 외출에서 돌아오면 늘 할머니께 절을 올리던 어머니는 짧은 병상에서도 할머니 걱정에서 놓여나지 못하셨다. 의식이 뚜렷할 때도 흐릿할 때도 '할머니는?' 독백처럼 되뇌곤 하셨다. 90이 넘은 시어머님을 두고 차마 발길이 떨어지지 않는다는 듯이…. 두 분이 모녀처럼 다정하기만 했던 것은 아니었다. 갓 시집 온 새색시 적에는 어머니가 할머니를 무서워하며 시집살이를 했다지만 나이가 들면서 할 소리는 하고 살았던 것 같다. 그러나 두 분이 서로를 의지하고 서로에게 기댈 언덕이 되어준 깊은 신뢰가 곧 깊은 사랑이 아니었을까 싶다. 어떤 어려움도 함께했던 고부간의 삶의 끈을 끊어내기가 쉽지 않았을 것이다.

어머니의 장례를 치른 후 할머니는 한 분 남은 막내아들이 모시고 가 지내게 되었다. 손주가 모시는 것보다는 아들이 모시는 것이 타당하다는 의견들이었으므로.

막내 숙부는 대전 시내에서 병원을 운영하고 계셨는데 한평생을 지내셨던 고향을 떠나 타지로 가셔야 하는 할머니의 외로움이나 불편함이 안쓰럽게 생각되기는 하였으나 아무도 그 점을 염두에 두지는 않은 것 같다. 본가 식구들이 뵈러 갈 때마다 집에 가고 싶다고 짐을 챙겨 따라나오시곤 했다는 이야기를 전해 들었다.

할머니께서는 아들만 네 분을 두셨었다. 그 아드님들은 사회 각 분야에서 인정받는 준수한 분들이었다.

아버지께서 맏아들이셨는데 맏이답게 많은 이들의 존경을 받는 집안의 대들보였고, 가문이 날로 번창하여 부러움의 대상이었다. 그 집안의 안주인이었던 할머니는 당연히 가장 복 받은 삶의 주인공이 되셨었다.

6.25전쟁이 나고 그 해 아버지가 40대 초반의 나이로 떠나시면서 집안은 내리막길로 무너져 갔다. 가난이 덮치고 입에 풀칠하기도 어렵게 추락하는 집안이 되면서 숙부님 두 분도 50을 조금 넘기며 세상을 뜨셨다. 가문을 지키는 일도 부모님을 모시는 일도 어머니의 몫이 되었고, 큰며느리인 어머니의 어깨는 점점 무거워져 갔다. 시어머님을 보내드리는 일을 자신이 꼭 치러야 할 도리로 여기고 계셨던 어머니가 그 책임을

못하고 떠나는 심정이 안타까웠지만 의지대로 될 일은 아니었다. 할머니께서도 세 아들은 먼저 떠나보냈어도 큰며느리만은 앞세우지 않기를 간절히 바라셨을 것이다. 현명하고 명민한 분이셨던 할머니께서 어린아이처럼 두 발 뻗고 우신 까닭이다.

해마다 붉게 익은 아가위나무 아래 발길이 멈추어지면 가슴 속 깊이 박혀 있는 아픔이 고개를 들고, 할머님의 피멍 섞인 울음이 귓가를 맴돌곤 한다.

*아가위:산사나무 붉은 열매.

건망증
-업은 애기 3년 찾는

열 살 무렵 따스한 햇살이 드리워지던 시골집 마루 위에서 나는 한 손으로 턱을 괴고 엄마의 염색 작업을 흥미롭게 바라보고 있었다. 각종 옷감을 펼쳐 놓고 물들이기에 열중한 엄마의 손가락에서 손등까지는 벌써 치자물이 노르스름하게 물들어 있었다. 주홍색 꽈리 껍질을 통째로 말린 듯 작고 야무지게 생긴 치자를 그대로 물감으로 우려내는 진짜 자연 염색이다. 치자색은 노랑과 주홍의 중간색이고, 홍화씨는 은은한 분홍빛으로 색을 내주었다. 나머지는 염색 가루로 염색을 하곤 했었는데 명주나 모시 같은 고급 옷감일수록 자연 물감으로 정성스럽게 물들여 나갔다. 물의 온도를 몇 번이고 조절한 후 치자나 홍화씨를 물에 우려내기 전 엄마는 한동안 여기저기 들쳐보고 둘러보며 무엇인가를 찾곤 하였다. "엄마, 뭐 찾아? 아까 앞치마 주머니에 넣었잖아." 내가 이야기해 주면, "아유, 내 정신 좀 봐, 얼른 꺼내려고 앞치마 주머니에 넣어 놓고선. 업은 애기 삼 년 찾는다더니." 하셨다.

'업은 애기 삼 년 찾는다'는 속담은 엄마나 할머니께 수없이 들어온, 엄마의 어록에 있는 말씀이다. 재미있는 이 말을 처음 들었을 땐 어른들이 너무 심하게 부풀렸다는 생각이 들었다. 자기가 업고 있는 아기를 찾는다는 것도 이해가 잘 안 되는데 삼 년씩이나 찾다니!

그러나 철이 들고 나서 건망증에 대한 조상들의 해박한 비유에 무릎이 탁 쳐졌다. 이렇게 재미있고도 유머 넘치는 비유가 어디에 또 있을까!

뛰어난 기억력을 갖고 있던 나 자신에게 감사하기는커녕 신산스럽고도 궁상스러운 모습이라고 스스로를 폄하했던 지난날을 뒤로하고 이제는 냉장고 문을 열고 야채 박스를 열나게 뒤지고 있다가 찾고자 했던 것이 한쪽 손에 들려 있는 나를 보고 아연실색을 한다. 야채뿐이랴. 냄비 뚜껑을 한 손에 들고 열나게 찾다가 "어머, 맙소사!" 하는 것도 다반사다. 국을 뜨려고 국자를 한참 찾다가도 이미 한쪽 손에 들려 있는 국자를 발견하곤 한심해한 적도, 압력밥솥의 추를 한쪽 손에 들고서 한없이 찾는 것도 여러 번 경험한 일이다. 솥에서는 이미 칙! 소리가 나는데 초조해지면 찾는 물건은 점점 숨어버린 듯 찾아지지 않고 당황하고 황당하여 진땀만 난다.

지난 봄, 백내장 수술 후 주치의와 면담이 예약되어 있던 날이었다. 수술 후 오른쪽 눈에 염증이 생겨서 고생을 했었다. 백내장 수술 후 가장 조심해야 할 증상이 염증 발생이다. 수술이 잘 되었다는 의사의 장담에도 불구하고 염증 소견은 나를 두려움에 떨게도 하였지만 퇴원 날짜가 좀 늦추어졌을 뿐 다행히 치료가 잘 되었다.

안과에는 항상 환자가 많아 같은 시간에 많은 사람이 예약되어 있곤 했다. 폰에 진행 상황이 뜨기 때문에 핸드폰 지참은 필수다. 전철 타기 전 확인하니 가방 안에 핸드폰이 보이지 않는다. 헐레벌떡 집으로 달려와 온 방안을 이잡듯 뒤졌으나 아무 곳에도 없다. 늘 두던 자리는 물론 거실, 주방, 다른 방 어느 곳에도.

예약 시간은 차츰차츰 다가오는데 환장할 노릇이었다. 당황하면 있던 자리에 있는 물건도 눈에 안 보였던 경험이 있기에 숨을 고르고 찬찬히 생각해 보니 병원 가는 길에 마스크를 사기 위해 약국에 들른 생각이 났다. '약국에서 폰 지갑 속에 꽂아 놓았던 주민등록증을 꺼냈었지.' 생각이 미치자 등에 흐르던 진땀이 진정되는 듯했다. 약국으로 달려가기 위해 현관문을 열고 나서다가 어깨에 메고 있던 가방을 열어보니 가방 안에 폰이 얌전하게 앉아 있는 것이 아닌가. 내가 가지고 있던 가방 안에 있는 폰을 진땀나게 찾은 내 모습은 영락없이 '업은 애기 삼 년 찾은 격'이다. 단 몇 분 동안이지만 땀으로 젖은 모습을 내려다보니 신발을 벗지도 않고 온 집 안을 휘젓고 다닌 꼴이다. 가방 안의 폰을 넣던 자리에 넣지 않은 것이 실수였다. 건망증도 조심하면 실수를 막을 수 있고, 물건은 반드시 제자리에 놓아야 한다는 교훈을 일깨워 준 시간이었다.

그러다 보니 문득 이 속담이 전해 내려오게 된 내력을 나름 생각하는 계기가 되기도 하였다. 예를 들면 — 포근한 포대기에 아기를 업고서 붉은 고추를 따러 텃밭에 나가려는데 아기가 등에서 잠이 들었다. 편안하게 눕혀 주려다가 잠에서 깰까 조심스러워 그냥 바구니를 찾아들고 밭으로 향한 것이다. 붉게 물든 고추는 맏물답게 싱싱하고 탐스러워 모종 때부터 공들인 보람이 있었다. 신나게 다홍고추를 바구니에 가득 따 담고서 흐뭇하게 바라보다가 퍼뜩 아기 생각이 났다. 시간이 꽤 지났는데 잠에서 깨어나 울면서 마루로 기어나와 댓돌 아래로 떨어지기라도 한다면…. 생각이 미치자 숨이 턱에 닿도록 달려 집으로 돌아왔다. 그러나 집 안엔 아기 그림자도 없으니 환장할 노릇이었다. 눈앞이 캄캄했다. 미친 듯이 아기를 찾아 헤매도 아기는 하늘로 솟았는지 땅속으로 꺼졌는지 흔적도 없다. 다리에 힘이 빠져 스르르 주저앉는데 등줄기에 뜨끈한 것이 주르륵 흘러내렸다. 한잠 달게 자고 난 아기가 쉬를 한 것이다.

아마도 이런 상황을 겪은 어느 엄마의 이야기가 '업은 애기 삼 년 찾는다'는 해학 넘치는 격언으로 유래되지 않았을까!

어머니에 대한 추억

　지난밤 꿈속에서 진땀을 흘리며 시장 안을 누비고 다녔다. 어린 아기를 품에 안고서. 그 아기가 어떻게 내 품으로 오게 되었는지는 선명치 않았으나 아기를 맡아서 키워야 하는 입장이었다. 그러나 내 나이에 아기를 키울 형편이 아니었으므로 아기를 맡아줄 사람을 찾아 나선 길이었다.

　당연히 경찰서나 적당한 보육시설을 찾아야 할 것이었으나 꿈속에서는 생각이 미치지 못했다. 점포마다 들어가서 구걸하듯 애원을 하였다. "제발 이 아기를 좀 맡아주세요. 가엾은 아기입니다, 제발." 떡집에서도, 순대집에서도, 튀김집에서도, 다 머리를 가로저으며 내 청을 받아주지 않았다. 할 수 없이 집으로 돌아가야 하겠는데 헤매고 다녀도 차가 다니는 큰길은 나오지 않았다. 품에 안긴 아기는 잠이 들어 팔에 힘은 빠지고 헝클어진 머리칼을 한 채 길가는 사람들을 붙들고 길을 물어보다가 어둑어둑 어두워진 캄캄한 길을 바라보며 주저앉아 울고 싶은 답답한 가슴으로 잠에서 깨어났다.

왜 이런 꿈을 꾸었을까. 어머니가 떠나시던 날, 시리도록 푸른 하늘의 계절 탓인가!

60년도 더 지나간 옛날, 어머니께서 버려질 미혼모의 아이를 시골 친척집에 데려가 부모를 만들어 준 일이 어제 일처럼 선명하게 눈앞을 스쳐갔다.

내가 중학교 2학년 때 창신동 산꼭대기 집에서 자취생활을 할 때였다. 어머니의 먼 친척집이었는데 어렵게 구한 셋방은 화장실 바로 앞 문간방이었다. 울퉁불퉁한 시멘트가 입혀진 손바닥만 한 마당에는 온종일 햇빛 한 뼘 구경할 수가 없었다. 당연히 마당에는 수도가 없어서 언덕 아래 공동 수도에서 물을 길어 와야 했지만 인심 후한 주인아주머니가 여린 몸으로 물 길어 나르는 우리 자매를 안쓰럽게 여겨 당신 집 물 긷는 김에 우리 쓸 물도 길어다 주시고 가끔 구수한 음식도 갖다 주시곤 하였다.

이렇듯 비슷비슷하고 옹색한 집들이 모여 있었는데, 우리 옆집에는 미혼모가 아기를 데리고 세를 살고 있었다. 아마도 그 미혼모는 유흥업소에 나가는 것 같았는데, 낮에는 아기를 돌보다가 저녁이 되면 일을 나가야 하는 딱한 사정의 어린 엄마였다.

시골집에서 생활하시던 어머니는 우리 자매가 걱정되어 우리들 자취방에 자주 들르셨는데 그때 아기의 딱한 사정을 알게 되어 입양을 주선하셨던 것 같다.

입양이랄 것도 없이 아기를 도저히 키울 수 없었던 어린 엄마는 그저 밥이나 주리지 않는 집에 보냈으면 하는 바람을 갖고 있었던 것 같았다.

전쟁통에 우리가 내려가 살던 고향마을은 남씨 집성촌이었다. 그 친척집은 농사지어 먹고살 만하였지만 대를 이어줄 아이가 없었다. 본처에게서 낳은 딸이 하나 있었지만 후취로 들어온 아내가 몇 년째 아이가 없었다.

어머니는 양쪽과의 충분한 대화도 없이 결심하신 듯 어느 날 아기 옷 한 벌을 사오셨다. 나는 두어 번 아기를 본 적이 있었는데 예쁘다는 생각보다는 불쌍하게만 보였었다. 노란 꽃이 핀 듯한 작은 얼굴에 콧물을 흘리고 있는 잔망스러운 아기는 찌들고 허름한 셔츠만 걸쳤을 뿐 아래는 늘 벗은 채였다.

어머니는 아기를 깨끗이 씻겨 새로 사온 옷을 입혀 친히 업고 창신동에서 3번이나 차를 갈아타고 새 부모가 되어줄 시골 친척집에 데려다 주셨다.

나는 그때 어머니가 얼마나 좋은 일을 하셨는지 잠깐 생각을 하였을 뿐 깊이 있는 생각은 못 하였던 것 같다. 아기에게도, 어린 엄마에게도, 귀여운 아들이 생긴 그 댁에도 새로운 행복을 선물한 큰 사건인데….

방학이 되면 잠깐 시골집에 가서 머물곤 했지만 그 후 한 번도 그 아기를 보지 못하였다.

아기는 잘 자라고 있다는 이야기, 이름에 집안 돌림자를 넣어

호적에 올렸다는 이야기 등, 문중의 반대가 있었지만 어머니의 도움으로 족보에 올려 완전히 남씨 문중의 어엿한 아들이 되었다는 이야기를 들었다.

아기가 자라 사춘기가 되었을 때 동네 사람들의 입방아로 어느 댁 마님이 업어다 준 업둥이라는 소문이 소년의 귀에 들어가게 되어 어머니가 마음 아파하셨었다.

시간이 지나 나도 결혼을 하고 어머니도 돌아가신 뒤 시골집에 내려갈 일은 거의 없었다. 조카를 통해 들은 소식으로는 항렬이 위인 그 젊은 아저씨는 대학교육도 마치고 건설회사에 다니며 부모님을 극진히 모신다는 훈훈한 이야기 끝에 대박난 소식을 접하였다. 개발붐에 힘입어 고향집 마을에 아파트가 들어서게 되면서 많은 보상금이 나왔다는 것이다. 농사를 많이 짓던 그 댁은 엄청난 보상금이 나와 그 자금으로 젊은 아저씨는 건설 회사를 세워 성공적인 삶을 꾸려가고 있다는 소식이었다.

그 옛날 아기였던 그도 60대가 될 만큼 세월이 흘렀다.

지금 왕래가 있는 사이는 아니지만 자식들도 훌륭하게 성장하여 모범적인 사회생활을 하고 있다고 한다.

혈연을 넘어 한 사람의 역사를 새로 쓸 수 있게 만들어 준 어머니는 생명의 존엄을 지켜내는 귀한 일을 실천하셨던 것이다.

가장 없이 혼자 힘으로 자식들을 키워내야 했던 어머니는 부드럽고 따뜻하기보다는 엄하고 무서운 분이셨다.

자식들과 친구같이 지내셨다면, 호랑이 마님이라는 호칭 대신 다정한 할머니라는 인상을 이웃들에게 심어주셨더라면 어머니 자신도 덜 외로우셨을 터인데….

　몸에 익숙하지 않은 밭농사를 즐겁게 지으셨던 것은 씨를 뿌려 싹틔운 새 생명과 그것들의 자라나는 환희를 벗 삼아 어머니가 살아가는 힘이 아니었을까.

　가슴속 깊은 곳에 사랑을 저장해 놓으시고서!!

송홧가루 날리는 봄날에

　녹색의 계절. 푸른 그늘 사이로 비쳐오는 햇살이 눈부신 아침이다.

　나뭇잎들 가득히, 초록빛 환희가 넘실대면 마음까지 푸른빛으로 물들며 흔들린다. 아니, 연둣빛 자유로 차오른다. 무언가 기쁜 일이 있을 것만 같아 영롱한 새벽 이슬 앞에, 이름 모를 풀잎 앞에, 손톱만 한 풀꽃 앞에도 고개 숙이고 말 걸어본다. 반짝이며 윤기 흐르는 나뭇잎은 빛나는 생명력으로 아우성치고, 뒤늦게 피어난 늦둥이 약한 꽃들은 푸른빛에 가려 숨듯이 애잔하다. 묵묵히 무심한 듯 서 있던 소나무들이 조용히 꽃대를 밀어 올린다.

　아! 송홧가루, 연갈색으로 맺혀 있는 알갱이들 속에는 진노란 가루를 품고 있을 것이다. 이 도시 안에서 아무도 받아가지 않을 그 송홧가루는 도대체 어디로 다 흩어져 날아갈 것인가? 발걸음을 멈추고 한참을 바라보았다.

　내 키가 닿을 만큼 작은 키의 소나무도 여럿 있지만, 소나무

동산에는 4미터 이상의 나무들이 빽빽하게 서 있다. 곧게 서 있는 듬직한 소나무에 등을 대고 복식 호흡을 하면서 "흠흠" 소나무 송진 냄새를 맡아보려 했지만, 후각도 낡아버렸는지, 공해 때문인지, 송진 냄새는 온데간데없고 마음만 어린 시절 옛날로 달음질쳐 갔다.

시골집 마루 위, 뒤주 위에 놓여 있던 다식판. 반들반들 윤이 나게 길들여진 꽃무늬가 새겨진 명품. 명절 때만 되면 온 동네가 돌아가며 빌려가던 그 다식판이 떠오른 건 송화다식 때문이었다. 샛노란 송홧가루를, 직접 달인 조청에 곱게 개어 동글납작하게 빚어 다식판에 꼭 눌러 찍어내면 아름다운 꽃처럼 피어나던 그때의 진노랑빛 꽃송이들.

어디 송화다식뿐이랴. 쌀도 볶아내고, 찹쌀도 흑임자(검은깨)도 볶아 곱게 빻아 고운 체로 내려서 조청 섞어 반죽해 찍어낸 꽃들이 찬합에 차곡차곡 쌓여가던 행복한 기억들이 엊그제 일처럼 눈앞에서 아른거렸다. 입이 짧아 먹성이 좋지 않던 나는 다식을 즐겨 먹지는 않았지만 그냥 바라보는 것만으로 좋았던 것 같다. 송화다식의 맛은 달기보다는 쌉싸름했고, 입속 가득히 퍼지는 묘한 향기가 특별하고도 낯선 음식이었다.

6.25 피란 시절 내려간 시골집은 남씨 집성촌이었지만, 내게는 정 붙지 않는 아주 낯선 곳일 뿐이었다. 친구도 없었고, 엄청나게 바뀌어 버린 생활환경 때문에 어린애다운 활기참은커녕 늘 주눅이 들어 있었다.

어둡고 가난했던 그 시절, 유일하게 생기 가득했던 시간들은 명절 준비하던 때가 아니었을까? 컴컴하고 을씨년스럽던 가마솥 아궁이 속이 주황색 불꽃으로 타오르면, 집 안 가득 맛있는 냄새가 퍼지며 분주해졌다. 조청 고아지는 단내가 진해지면, 안방 아랫목은 엉덩이를 댈 수 없을 만큼 뜨겁게 달아올랐다. 식혜의 밥알은 꽃잎처럼 떠오르고, 생강과 계피가 달여진 수정과의 투명한 액체 속으로 탱탱한 곶감이 스르르 미끄러져 들어가 잠겼다. 떡시루에 앉힌 녹두편이 잘못 쪄질세라 "에미야, 떡시루 잘 앉혀졌는지 한 번 더 보거라." 할머니의 다짐도 반복되셨다. 엄마의 특기인 장김치에 밤채와 잣이 마무리되면 어여쁜 백항아리 속에서 특별한 김치가 알맞게 익어갔다. 그보다 하루 전쯤 할머니가 직접 만들어 주셨던 따끈한 두부 맛은 아마도 내가 죽는 날까지 잊지 못하리라. 물에 불린 노란 콩을 맷돌에 곱게 갈아 굵은 체에 내려 간수를 친 후 가마솥에서 끓여내면 농도에 따라 순두부가 되고, 말랑한 두부가 되는 것 같았다. 따끈따끈한 두부를 큼지막하게 썰어 갖은 양념으로 맛을 낸 양념장에 찍어 먹으면 기막히게 맛있었던 그 맛. 부드럽고도 고소했던, 황홀한 맛의 극치랄까! 부엌 뒷문 밖에서는 반듯한 돌 두 개에 받혀진 솥뚜껑 번철 위에서 녹두 빈대떡이 고소한 냄새를 풍기며 익어갔다. 밀가루 분칠을 한 생선전 재료들이 시집가는 색시처럼 노란 달걀물로 마지막 치장을 하고 나면 엄마의 감시가 부쩍 심해졌었다. 자식을 올망졸망 여럿 둔 조카며느리가 제비새끼처럼 입 벌리는 아이들을 챙기느라 채반이 좀처럼 채워지질 않았기 때문이다. 넉넉지 못한 살림에 총지휘를 하는 어머니는 항상 무서운 감시자가 되었다.

전쟁의 상흔이 가시지 않은 폐허 속에서도 명절만은 오지게 챙기는 정 많은 우리 민족의 정서가 담긴 한 폭의 그림이다. 이웃의 아이들은 울긋불긋 설빔도 차려 입었지만, 엄마가 내게 내주신 옷은 손수 만드신 멜빵바지에 감색 세루 잠바였다. 꽃분홍치마에 노랑저고리는 아닐지라도 우중충한 옷 대신에 연두색 저고리라도 입고 싶었었다.

이름을 부르는 것조차 조심스러운 듯 '우리 아가'라며 유리그릇 다루듯이 사랑을 주셨던 할머니도, 인간의 도리와 자존감을 지켜나갈 수 있도록 반듯하게 우리들을 키워주셨던 어머니도, 어린 내게도 깍듯하게 '작은아씨' 불러주던 달덩이 같던 둘째댁 올케언니도 오래전에 내 곁을 떠나 추억 속으로 묻혀 버렸다. 지금의 나는 그 시절 그때의 그분들보다 훨씬 나이들었다.

아득한 옛일이 엊그제 일처럼 선명하고 아련하게 내 안으로 들어온 것은 싱그러운 푸르름에, 부드러운 바람결에 송홧가루 냄새에 실려온, 꿈꾸고 싶은 그리움 때문이 아닐까?

6.25의 끝자락

꿈은 과거와 현재를 이어주는 징검다리일까.

오래전 시간으로 돌아가 생생하게 그 시절을 되살려 내는 건 꿈속에서만 가능한 일일 것이다. 수십 년의 시공을 넘어 전에 겪은 일들이 무의식의 세계 속에서 일깨우는 꿈의 세계는 어려서부터 지금까지 풀리지 않는 수수께끼다.

어젯밤 나는 열 살로 돌아가 피란 가는 중이었다.

아무것도 모른 채 평소처럼 자고 일어난 날, 6월 25일 아침 라디오에서는 등교를 하지 말고 집에서 대기하라고 했다. 어수선한 가운데 흉흉한 소문이 돌고 이북에서 공산당들이 쳐들어왔으니 피란을 가야 한다는 것이다. 집에서 두려움에 떨고 있었던가. 붉은 완장을 찬 사람들이 아버지의 부재를 이유로 대신 엄마를 붙잡아 가고 아이들만 남았다. 길을 떠나기에는 너무 어린아이들이라 할머니가 우리들을 시골집으로 데리고 가려고 오셨다. 서울 거처를 떠나 피란길에 오른 것이다.

경기도 양주에 있는 시골집을 가기 위해서는 상계동 고갯길을 넘어 수락산을 향하여 가야만 하였다. 아마 그 길이 의정부 쪽으로 가는 길이었던 것 같다. 그때 이미 멀리서 폭격 소리도 들려왔고 하늘에는 B29가 날카로운 굉음을 내며 날고 있었다. 언니가 13살, 동생이 7살이었다. 할머니는 비행기가 지나갈 때마다 우리들을 감싸안고 수시로 두 손을 모아 "어린것들, 무사하게 하소서." 하며 빌고 계셨다. 인적이 드문 산속 고갯길에는 산딸기가 붉게 지천으로 익어 있었다. 생전 처음 본 빨갛게 익은 산딸기는 꽃보다 더 예쁘고 기막히게 맛이 있었다. 피란길의 두려움을 잊을 만큼….

그 후로도 오랫동안 피란길 꿈속에서는 늘 붉게 익은 산딸기가 있었다.

그 후 끌려갔던 엄마는 무사히 돌아오셨다. 붉은 집단의 높은 간부 한 사람이 옛날 아버지께 은혜를 입은 사람이어서 불이익을 당하지 않고 압수당했던 물품도 찾을 수 있었다는 것이다. 엄마마저 잃을지도 모른다는 불안감에 가슴 졸이던 우리 형제들은 엄마가 무사히 돌아온 것만으로 배고픔과 두렵던 전쟁 중의 날들을 견디어낼 수 있었다. 툭하면 방공호 속으로 숨어들던 여름을 나고 9.28수복의 기쁜 날이 왔다.

1950년, 그해 9.28수복 후 늦가을이었다.

전쟁이 끝나고 완전한 평화가 온 것은 아니었지만 여행이 가능하던 때였다. 외할아버지의 생신 즈음인 11월 중순이었다.

엄마는 나를 데리고 외가 나들이를 하셨다. 여행증을 거주지 면에서 발급받아야만 여행이 가능하던 시절이었다. 교통수단이라고는 전연 없었고 걸어가야만 했으므로 산을 넘고 내를 건너 하루종일 걸려 저녁 어둑어둑할 때 외가에 도착하였다. 내가 피란가 있던 시골집은 경기도 양주였고 외가는 가평이었다.

외할아버지께서는 사랑채에 계셨다.

"아이구, 내 새끼." 엄마가 절을 올리기 전 외할아버지는 나부터 끌어안으셨다. 외할아버지의 목소리와 눈빛에는 아버지를 잃고 전쟁중에 살아남은 외손녀에 대한 사랑과 애처로움이 가득했다. 수염은 까끌까끌 따가웠지만 외할아버지의 품은 넓고도 따뜻했다.

무뚝뚝하시던 친가의 할아버지와는 많이 다르게 느껴질 만큼 대조적이셨다.

외삼촌 내외분과 외사촌들도 반갑게 맞아주고 모두 친절하였다. 준비한 저녁상에는 갈비구이와 맛깔스러운 찬들이 올라와 있었다. 정말 오랜만에 먹어보는 진수성찬은 황홀하였다. 외가의 형편이나 분위기가 우리 시골집과는 완연히 차이가 났다. 6.25전쟁 전 우리집이 여유 있을 때는 외가가 그리 풍요롭게 느껴지지 않았었는데 어린 나이에도 환경 따라 변한 내 안목이 서글펐다. 저녁식사가 끝난 후 사촌들과 즐거운 놀이가 한창 무르익었을 때 멀리서 총성이 들려왔다. 밤이 소란스러워지고 어른들의 표정이 어두워졌다. 늦가을의 11월 밤은 차갑고 싸늘하였다. 검은색 털 코트로 외출 준비를 하신 할아버지께서 엄마에게 말씀하셨다. "어린것을 데리고 길을 떠났는데 어찌하면 좋으냐. 빨치산 놈들이 또 일을 꾸민 것 같구나. 나는 지금 길을 떠나 피신한다. 너는 날이 밝는 대로 형네(이모님 댁)로 가거라. 그곳에서 일이 되어가는 것을 보고 빨리 너희 집으로 가거라." 외할아버지께서는 나를 잠깐 감싸안으셨다가 내게서 안쓰러운 시선을 거두셨다. 외할아버지와는 그것이 마지막이었다. 빨치산 난리는 겨우 무사히 넘기셨지만 산속 피란처에서 병환을 얻어 1.4후퇴 때는 피란도 못 가셨고 휴전으로 마무리되는 것도 못 보시고 돌아가셨다. 나는 지금도 그분이 그립다. 부드럽고 인자하셨던 덕과 사랑을 갖추고 계셨던 나의 외조부님!

뜬눈으로 그 밤을 지새운 엄마와 나는 이모님 댁을 거쳐 비게미라는 마을로 갔다.

비게미는 마을 중심지에서 벗어난 조용하고 잣나무가 무성한 구석진 곳이었다. 아마도 지금은 전원주택이 들어선 휴양지가 되어 있을 것이다. 그러나 위험을 피해 찾아든 곳이 사자굴이었다. 사람들의 생각은 다 비슷해 가평의 많은 사람들이 그곳은 안전하리라 믿고 모여들었다. 곧 비게미는 빨치산들의 주목을 받게 되었다.

법과 질서가 있던 때가 아니었으므로 그들의 생각과 행동이 곧 법이었다. 빨치산들은 밤을 틈타 숨어 있던 산에서 내려와 반대편에 섰던 사람들을 이잡듯 잡아내 무조건 죽였다. 모든 사람들이 쫓기고 쫓기어 어느 집 사랑방에 촘촘히 모여앉아 그 밤을 밝혔다. 손바닥만 한 마을이라 달리 숨을 곳도 없었다. 수시로 총을 어깨에 멘 빨치산들이 방을 쭉 둘러보고는 사람을 끌어내기 시작했다. 밖에서는 총 소리가 끊임없이 들려왔다. 이미 붙잡혀간 사람이나 방금 끌려 나간 사람들을 총으로 쏘아 죽이는 소리였다. 가족이 끌려간 사람들은 몸부림치며 통곡을 했고 남은 사람들은 겁에 질려 아무 소리도 내지 못하였다. 엄마와 나는 아는 사람 하나도 없는 타지 사람으로 처량하고도 외로운 처지였다. 그때 나는 엄마가 만들어 준 감색 멜빵바지에 까만색 세루잠바를 입고 있었다. 누가 봐도 그 지역 사람들과 구분되는 옷차림이 그들의 눈에 거슬려 끌어내질지도 모른다는 두려움으로 온몸이 떨렸었다.

길고 긴 밤이 지나고 새벽녘이 되었을 때 살아남은 사람들이 안도의 숨을 내쉰 것도 잠시, 두 아들의 주검을 본 노년의 아버지가 충격으로 미쳐버려 무차별 살인을 하기 시작했다. 그는 옷을 모두 벗은 채 식칼을 들고 어른, 아이 할 것 없이 닥치는 대로 찔렀다. 사람들은 끼고 다니던 보따리도 팽개치고 무조건 피해야만 했다. 아수라장이 된 그곳의 상황은 미친 노인을 더 자극시켜 더욱더 혼란스러워져 갔다. 아우성치며 도망가는 사람들 속에 섞여 엄마와 나도 죽을힘을 다해 뛰었다. 살기 어린 식칼이 곧 등에 와 꽂힐 것만 같았다. 엄마의 손을 꼭 잡고

부들부들 떨리는 다리로도 10살이었던 나는 잘 뛰었으나 40대 중반인 엄마는 잘 뛰지를 못하였다.

"엄마, 빨리. 엄마, 빨리 뛰어!"

시간이 얼마나 지났을까, 광기의 노인이 지쳐 쓰러졌는지 우리 모녀가 공포의 땅을 벗어났는지 엄마와 나는 무사했다. 무법지대인 그곳은 경찰의 손도 미치지 않았다.

위기의 순간에 살려는 의지는 강렬하고도 처절했다. 살고 싶다는 이성적 판단보다는 삶을 향한 무조건적인 본능이었다. 걸인이 다 된 모습으로 집에 돌아왔을 때 아무도 엄마와 나의 이야기를 실감하지 못했다. 9.28수복 후 정부가 서울로 환도 했으나 언론도 제 구실을 못 했는지 신문에도 보도되지 않은 듯했다.

6.25전쟁이 발발하면서 잘살던 지배계급은 곧 반동분자로 낙인 찍혔다. 인민의 피를 빨아먹으며 잘살던 집단이라고 무조건 희생당했다. 가해자 쪽은 좌익이었다. 9.28수복이 되며 국군이 돌아왔다. 붉은 천하는 3개월로 끝났고 좌익에 가담했거나 협조했던 사람들은 무참하게 보복당했다.

그 당시 양쪽 모두 이데올로기에 얼마나 충실했을까. 민주주의, 공산주의, 사회주의에 대한 올바른 이해가 있기나 했을까. 6.25전쟁으로 얼마나 많은 사람들이 희생당했으며 고통 속에 살아남았는지! 나의 시댁도 6.25전쟁 끝 무렵 가족 모두 빨치산들에게 희생당했다. 시부모님, 시조부모님까지. 남편과

시동생만이 13살, 10살 어린 나이로 살아남았다. 6.25전쟁으로 배고픔과 가난을 겪으며 성장한 나의 고통은 남편에 비하면 훨씬 나은 상황 아니었을까…. 내게는 어머니가 계셨으니까.

6.25의 폐허를 딛고 우리의 조국은 눈부시게 발전했다. 경제 대국으로, K팝, 영화, 스포츠, 의료계의 선두주자로 잘사는 나라가 되었다. 그러나 세계 유일의 분단국가로 두 동강 난 대한민국이다.

핵을 앞세워 저지르는, 도무지 이해할 수 없는 북한의 만행을 바라보는 마음은 서글픔에 앞서 강한 분노가 가득 차오른다.

*비게미:가평에 있는 작은 마을.

"그냥"

엄만
내가 왜 좋아?
-그냥…….

넌 왜
엄마가 좋아?
-그냥…….

　　　　　　　　　　-문삼석

참으로 담백한 시다. 솔직하고. 무슨 설명이 필요할까!
　아기가 엄마를 좋아하고 엄마가 자식을 좋아하고 사랑하는
데….
　아무 조건 없이, 있는 그대로 좋은 마음, 그냥!
　내게도 그냥 좋은 사람이 두어 명 있다.
　특별한 인연이 있는 것도, 존경할 구석이 있는 것도 아닌데

만나면 마음이 편하고 따뜻해지는 그런 사람이 그냥 좋은 것이다. 아이들이 어렸던 젊은 날 큰언니처럼 가까이 지내던 로사 아줌마는 같은 교회 식구도 아니고 친척도 아니었지만 숨김 없이 서로의 집안일을 의논하고 적당한 선에서 부담 없이 서로에게 도움을 주곤 했다. 몸이 아픈 남편과 어린 아들의 생계를 책임지고 있는 로사 아줌마는 보험일도 하고 시간이 허락하는 대로 파출부 일도 하면서 생활하였다. 항상 온화한 모습으로 사람의 마음을 훈훈하게 만들어주는 아줌마는 단칸 셋방에서 세 식구가 생활하고 있었지만 원망도 불평도 없이 감사한 마음만으로 사는 분이었다. 나는 로사 아줌마를 크게 도와드리지 못하였지만 그분은 내게도 아이들에게도 넘치는 사랑을 전해오곤 했었다.

우리 두 사람은 서로 그냥 좋아한 것이다.

교회 안에는 형제처럼 가깝게 지내는 교우들이 너무나 많다. 서로를 위해서 기도하고, 교회의 앞날을 위해서 마음을 다하여 정성을 모아 기도하며, 서로 마음을 나누어 갖고 형편이 어려우면 주저 없이 도와주고….

그러나 다른 교회에서 옮겨온 분이므로 같은 부서에서 일하지도 않았고 가까이 지낸 시간이 많지 않은데도 그냥 좋은 분이 있다. 만날 때마다 손잡아 오면 따뜻함과 사랑이 전해지는 훈훈함. 맛있는 밥을 함께 먹고 싶은 다정함. 존경할 만한 지혜가 있는 것도, 세련된 모습이 눈길을 끄는 것도 아닌데 그냥 좋다.

음식도 특별할 것도 없이 소박하고 수수한, 그냥 좋은 음식이 있다.

좋아하는 음식이 무엇이냐고 물어온다면 망설임 없이 시래기나물이라고 대답한다. 늦가을 바싹 말린 무청 시래기를 물에 불려 푹 삶아 들기름에 볶아내면, 그 구수하고도 저분저분한 맛을 어떤 음식에 비할 수 있을까. 물론 간도 잘 맞추고 볶아낼 때 불 조절도 잘해야 한다. 마지막 들깨가루 넣는 것도 잊지 말아야 하지만….

밥맛을 잃었을 때도 시래기나물 한 접시면 입맛을 되찾는다. 아무리 비싸고 좋은 음식으로 대접받는다 해도 담백하고 구수한 시래기나물이 그냥 더 좋은 것이다.

그리고 이젠 먹어볼 수 없지만 그냥 맛있었던 먹거리가 있었다. 메뚜기볶음이다.

6.25전쟁 때 피란 갔던 시골집 대문을 나서면 뒤뜰에 밤나무 숲이 있었고 그 숲을 지나 논둑으로 들어서면 푸른 논이 펼쳐져 있었다.

엄마를 따라서 가보면 논두렁 사이에 있는 얕은 웅덩이 안에는 우렁이도 있었고 민물고기도 있었다. 풀 같은 푸른 포기 안에서 솟아오른 줄기에 까끌까끌한 열매, 낟알이 생겨 황금색으로 여물면 그것들을 베어 낟알의 껍질을 벗겨내면 쌀이 되었다. 멥쌀과 찹쌀, 미리 수확하는 올벼 타작과 방아 찧는

순서 등 엄마의 설명을 귓등으로 들으며 폴짝폴짝 뛰어다니는 메뚜기에 정신이 팔렸었다. 연두색 몸통에 날개도 연둣빛이었던가. 동그랗게 튀어나온 두 눈을 달고 저희들끼리 펼치는 놀이가 마냥 즐거워 보였다.

내가 신기해하니까 엄마가 두어 마리 잡아 주셨다. 처음엔 두 손으로 들고 다니다가 엄마가 일러 주시는 대로 강아지풀을 꺾어 아가미같이 딱딱한 등을 들추고 줄기에 꿰어 들고 다니니 편리하고도 십상이었다. 집에 와서 엄마가 그 메뚜기를 냄비에 넣고 볶아 주셨는데 세상에 그렇게 맛있는 것을 생전 처음 맛보았다. 그냥 고소한 것도 아니고 은근하고도 담백한 맛이랄까. 다만 소금을 조금 뿌렸을 뿐인데….

장대비가 그치고 난 맑은 하늘에 무심히 떠 있는 구름은 바라보는 것만으로 마음 가득 평안이 담겨오곤 했다. "당신이 부르면 달려갈 거야 무조건 달려갈 거야." 경쾌한 노래 가사처럼 강하게 당기는 힘은 아니지만 잔잔한 이끌림으로 그냥 좋은 느낌의 맛!

마음 안으로 들어온 그냥 좋아지는 사람이나 구수한 음식의 맛이나 그냥 펼쳐진 구름 한 조각이나 꾸밈없이 소박한 내음이 묻어나는 그런 존재들인 것 같다.

생일날도 아니고 어버이날도 아닌데 큰딸아이로부터 고급스럽고도 요긴한 옷을 선물받았다.

"웬 거야? 아주 마음에 들긴 한데, 너무 값이 쎌 거 같은데…."

"그냥, 엄마한테 어울릴 것 같아서…."

돈을 찾으러 은행에 들렀다가 작은아이로부터 돈이 들어와 있는 것을 보고, 엄마 생일도 아닌데 왜?

"그냥, 아빠랑 맛있는 것 사서 드시라고…."

기념일이나 정해진 날에 예상한 선물을 받는 것보다 아무 날도 아니고 아무 이유도 없이 그냥 받는 선물에 몇 배로 행복한 마음이 든다.

우연히 생각난 것처럼 보내준 선물. 그러나 평상시 사랑하는 마음을 갖지 않았다면 그렇게 우연히 선물을 보내줄 수는 없을 것이다. 늘 고맙고도 사랑하는 마음을 지니고 있는 누군가를 향하여 필요한 것이 무엇이 있을까 깊이 생각했다가 "그냥"이라고 말하면서 마음 담은 선물을 보낼 수 있는 사람은 행복을 전해 줄 수 있는 비밀을 알고 있는 사람이다. 그 사람 존재 자체가 향기를 지니고 있는 사람이다.

서로가 서로에게 존재 자체가 행복일 수 있는 사람으로 가득 찬다면 세상은 얼마나 살기 좋을까.

새삼스럽게 "그냥"이라는 낱말을, 그 의미를 되새겨본다.

7남매의 엄마 된 순례 씨

　스물세 살, 꽃다운 나이에 남편을 잃은 순례는 두 아이의 엄마였다. 돌 지난 아들과 3살 딸을 둔 청상과부 순례는 고기잡이배를 타고 나갔던 남편을 집어삼킨 푸른 바다를 정신 나간 여자처럼 하루종일 바라다보는 것이 일상이 되어 버렸다. 어촌 마을엔 남편을 바다에 빼앗긴 여인네들이 꽤 많이 있었지만 순례처럼 어린 과부는 없었다. 도저히 믿을 수가 없었다. 일주일 만에 인근 바다에서 찾아낸 남편의 시신을 수습하고 땅속에 묻었지만 어리둥절하여 사실을 받아들일 수 없기는 마찬가지였다.

　마을 사람들이 모두 모여 장사를 치르고 자리걷이 굿을 할 때는 눈물바다가 되었다. 노인들도 젊은이도 여자들도 남자들도, 울지 않은 사람이 없었다. 무당의 입을 통해 신랑의 혼백은 순례를 얼싸안고 몸부림치며 울었다.

　"순례야, 너를 두고 발이 떨어지지 않아. 아가들은 부모님께 맡기고 너는 새로운 길을 찾아~"

깃광목 상복에 새끼줄 테두리를 머리에 얹은 순례의 자태가 어찌나 애절하고 가슴 저리게 곱기까지 하던지….

시골 여인답지 않게 깨끗한 피부와 또렷한 이목구비를 지닌 순례는 심성까지 고와 남편은 물론 시부모도 애지중지하였다. 시집온 이듬해 딸을 낳고 연이어 아들도 낳았다. 부지런하고 살림솜씨도 야무져 도무지 버릴 게 없는 아낙이었다. 조실부모하고 친척집에 얹혀 성장했지만 착실한 신랑 만나 어릴 적 불운은 완전히 잊은 채 살아가고 있었는데 날벼락도 이런 날벼락이 없었다.

어린것들을 바라보며 마음을 겨우 겨우 추슬러 밭일, 조개 캐는 일도 열심히 해 나갔지만 허수아비처럼 살았다.

순례의 시부는 생각이 깊은 사람이었다.

며느리의 나이를 봐도 인물을 봐도 순례가 원하지 않아도 일부종사를 고집할 수는 없는 일이었다. 거친 일도 마다하지 않고 마음을 다잡는 며느리를 향해 수시로 최면 걸듯 말해 주었다. "아가야. 너는 내 며느리가 아니고 내 딸이니라." 며느리가 자식을 키우며 시부모를 의지하고 살 결심을 굳혔다 할지라도, 청상의 세월을 견디게 하는 것이 잔인할 뿐 아니라 남정네들이 순례를 너무 탐내었다. 젖먹이가 젖을 떼고 밥을 먹게 되고 말귀를 알아들을 수 있을 무렵부터 어미는 온종일 일하고 피곤하니 애들은 할머니하고 자도록 버릇 들여 어미로부터 떨어지는 연습도 시켰다.

순례를 딸처럼 아끼는 마음이 들수록 시부는 며느리의 남편 감을 은근히 수소문하였다. 우선 밥걱정은 하지 않는 건실한 사람으로 혼자 된 장년을 물색하였다. 드디어 사위 구하듯 사람을 찾아내 만나보고 이야기도 나누어보고 결심을 굳혔다. 젊은이에겐 사별한 아내에게서 낳은 전처의 아이 둘이 있었다. 순례도 두 아이의 어미이고 딸이라는 점이 안심이 되었다. 두어 번 만나보게 하고는 날을 정하여 재가를 시켰다.

순례가 집을 떠나던 날, 시부모도 순례도 생전 흘릴 눈물을 다 흘렸다. 어린것들은 나이가 어렸으므로 어미가 나들이 가는 것쯤으로 생각하는 듯하였다.

두고 온 아이들이 눈에 밟혀 가슴이 무너질 때마다 그 또래의 전실 딸들에게 정성을 다하고 정을 붙였다. 아이들은 "엄마! 엄마!" 하며 잘 따랐다. 두고 온 아이들이 못 견디게 보고 싶을 때마다 세월이 빨리 가기만을 기다렸다. 아이들이 상황을 이해할 수 있을 때까지 만나지 않는 것이 좋을 것이라는 시부의 생각과 같은 생각이었다.

과묵하지만 정 있고 너그러운 남편이 가끔씩 시부모님을 찾아뵙고 아이들도 만나고 와서 근황을 전해 주었다. 고마운 사람이었다. 순례는 농사일 틈틈이 조개도 캐고 굴도 까는 등 험한 일 마다하지 않고 열심히 살았다. 집안 형편도 늘고 아이들도 3남매나 태어났다.

두고 온 아이들이 고등학생이 될 만큼 10년이 훨씬 지나갔다.

순례는 시부의 허락을 받아 아이들 만나는 날을 가슴 설레며 기다렸다. 옛 시댁 동네로 들어서니 변하지 않은 풍경이 그녀를 반기는 듯했지만 약속 장소에 아이들은 나오지 않았다.

대신 딸아이가 쓴 편지를 전해 받았을 뿐이다.

'불러보고 싶었던 엄마. 아직은 만나고 싶지 않아요. 그쪽 아이들이나 잘 키워주세요.'

수수알이 붉게 익어가는 늦가을이었다. 수숫대가 서걱대며 흔들리는 수수밭에 주저앉아 한없이 울다가 돌아갔다.

시간이 많이 지나 큰딸과 왕래는 하였지만 살가운 사이는 되지 않았다. 딸아이의 마음속에 남아 있는 앙금이랄까, 벽을 허물기가 쉽지 않았다.

큰딸도 결혼을 했다. 주사가 있는 신랑과의 결혼생활이 녹록지 않은 딸을 위해 순례 씨는 엄마와 화해하지 못하더라도 딸이 행복해지기를 간절히 기도했다. 술만 마시지 않으면 한없이 순한 사위는 쌀쌀맞은 딸에 비해 친근감이 느껴졌다. 가끔씩 전화를 해오는 사위를 교회로 인도하여 술을 끊게 하였다. 딸이 엄마의 깊은 사랑을 느끼게 되니 모두가 평온한 시간이 되었다.

이제 순례 씨도 팔십이 넘었다.

몸 돌보지 않고 열심히 일한 탓에 허리와 등도 굽고 주름살 가득한 할머니가 되었지만 마음은 훈훈한 온기로 가득하다.

양쪽 집 7남매가 우애 깊고 효심 지극한 자식들로 그렇게 대견할 수가 없다.

하나같이 성실한 아이들은 각자 제몫의 삶을 잘 살아내고 있다. 사춘기 시절 엄마를 만나주지 않아 가슴에 못을 박았던 큰딸은 양쪽 집 맏이 노릇을 톡톡히 한다.

집안 행사 때나 엄마를 위한 일이라면 발벗고 나서 총지휘를 얼마나 훌륭하게 해나가는지 양쪽 동네가 칭찬 일색이다.

고추가 다홍색으로 익어가는 뙤약볕 아래서도, 굴 까러 간 푸른 바다 해변가에서도 순례 씨는 힘든 줄 모른다.

'엄마 또 일나갔구나. 오늘까지만이야.'

자식들의 사랑 섞인 투정소리가 들려오는 듯….

제4부

살아가는 이야기

시간은행

버려진 시간들을 주워서
차곡차곡 모아 아껴둔
내 시간을 보태
저금을 한다
잔고가 늘어날 때마다
흐뭇한 마음
필요할 때 언제나
꺼내 쓸 수 있는
시간은행.

한끼 밥을 위하여

우리 아파트 정문 건너편 길에는 일년 열두 달 내내 모델하우스가 열려 있다. 아파트를 분양하기 전 내부를 소개하고 홍보하는 것이다. 부동산 열기가 한창 높을 때는 길고 긴 줄로 북적대는 분위기였지만 요즈음에는 열기가 식어 한산하기가 이를 데 없다.

외출하고 돌아오는 길에 재래시장에 들르던 날, 그 건물 앞을 지나오는데 중년 여인 한 분이 나를 바짝 따라오면서 모델하우스에 들러주기를 간청하였다. 나는 우선 피곤하였고 관심도 없었기에 칼같이 거절하였다.

"사모님, 한 번만 들러주세요. 한 분도 권하질 못했어요. 한 분이라도 모셔가야 점심 식권을 탈 수 있습니다. 밥 한끼 사 주신다 생각하시고요, 네?"

그제사 고개를 돌려 돌아보니 그 눈빛이 너무 간절하였다. 그분에게 점심 한끼 값을 쥐어 줄 수도 있었으나 그러면 그녀의 자존심이 상처를 입을 것 같아서 "알았어요." 대답하고는 모델하우스를 둘러보게 되었다.

　감사하다는 인사를 하며 따라오는 그녀에게 함께 점심식사 하기를 청해 이야기를 나누었다. 폭력적인 남편을 견디지 못하고 헤어져 딸 하나를 키우고 있다 하였다. 안 해 본 일 없이 공사판과 음식점 주방일, 파출부 등을 전전하다가 넘어지면서 허리를 다쳐 통증 때문에 쉬어야 하는데 밥 한끼라도 해결하려고 이 일을 하고 있다는 거였다. 운이 좋아 소개한 사람이 분양이라도 받게 되면 놀라운 수입도 생길 수 있다는 희망을 가질 수도 있었고. 모델하우스는 강원도 속초에 지어진 고급스러운 힐링 하우스였다. 공기 좋은 곳에 휴가를 즐기는 휴식처를 별장처럼 준비하는 계층의 사람과 한끼 밥을 위하여 일하는 이가 공존하는 극심한 빈부차이를 실감하며 도와주는 일에 관하여 생각을 하게 되었다. 어려움에 처한 누군가를 도와주고 함께하는 것은 아름답고도 훈훈한 일이다. 그러나 '노블리스 오블리제'를 실천하고 대기업의 장학재단, 사회복지재단을 설립하고 실행할 때 과연 도움이 꼭 필요한 사람에게 혜택이 가는지 의문스러울 때가 많다. 좋은 환경에 있거나 이른바 힘있는 이들이 혜택을 받는 경우를 수없이 보아왔기 때문이다.

　상류층 사람만이 도움을 주는 생활을 할 수 있는 것은 결코 아니다. 누구나 자기 처지에 맞게 이웃을 돕고 따스한 마음으로 정을 나누고 보듬고 사는 것이 사람 사는 정겨운 모습이다. 보리밥 한 그릇에 구수한 시래기된장국을 함께 나누어 먹을 수 있다면 얼마나 아름다운 나눔인가.

6.25전쟁으로 피란 갔을 때부터 시골 생활을 하며 가난을 겪었고, 죽 한 그릇이라도 나누어 먹는 소중한 나눔을 배울 수 있었다.

가장 없이 어머니 혼자 꾸려가는 우리집 살림은 가난했지만 죽이라도 먹을 수는 있었다. 우리집보다 더 어렵게 지내는 사람들이 간장이나 된장, 끼닛거리를 얻으러 오는 경우가 종종 있었다. 그럴 때마다 어머니는 늘 밥 한술 뜨고 가라며 챙겨 먹이곤 하셨다. 가까운 이웃이면 어린 나도 당연하게 생각하였지만 낯선 사람들까지도 방으로 들어오게 하여 한상에서 함께 음식을 나눌 때는 너무 싫고 짜증이 나곤 했었다. 지금 생각해 보면 '밥 한술 뜨고 가라'는 어머니의 말씀은 가장 따뜻한 나눔이었던 것 같다.

옛날 어머니처럼 지인을 집으로 들어오게 하여 음식을 나누지는 못하지만 힘든 상황에 처한 이웃을 볼 때마다 기도는 물론 도움이 될 수 있도록, 형편에 맞게 병원비라도 보탤 수 있도록 카드와 함께 정성 담긴 마음을 전하곤 한다. 큰 금액이 아니라도 유니세프나 아프리카 어린이들을 도와주는 후원자가 되는 일은 자동납부를 신청하면 가장 쉽게 오랫동안 도울 수가 있다. 오지를 방문할 능력은 없을지라도…. 어렸을 때 어머니의 나눔을 보고 성장해 '함께'라는 유대감을 터득한 것일까?

아, 301호!

지난해 봄이던가.

엘리베이터 앞에서 4살쯤 되어 보이는 아기가 "할머니~" 하고 다정하게 부르며 따뜻하고 조그만 손을 내밀어 내 손을 잡았다. 눈웃음이 예쁜 남자아기였다.

"아유, 예뻐라. 할머니한테 인사했어?"

처음 보는 얼굴이라 더 반갑게 아기 손을 잡아 주었다.

"할머니께 배꼽인사해야지." 하는 엄마의 말에 배꼽인사를 하더니, "할머니 좋아!" 하고 말했다.

처음 보는 할머니에게 해주는 인사치고는 최고의 호감 표현 아닌가. 나는 너무 기뻐 마음이 환해졌다.

아기들은 대부분 노인을 좋아하지 않는다. 주름진 얼굴에 머리는 하얀색으로 변했으니 보면 울기부터 하는 경우가 많다. 할머니들보다 할아버지들은 무서워하기까지 하여 더 냉대를 받기 일쑤다. 초등학교 어린이들도 피아노나 바이올린 레슨을 받을 때 나이 먹은 선생님은 싫어해 생업으로 삼는 분들이

곤란을 겪는다고 들었다.

301호에 이사 온 지 얼마 되지 않았다는 아기 엄마는 아기에게 연년생 동생이 있다고 했다. 며칠 후 아기와 다시 만나 반갑게 인사를 하고 이야기를 나눌 수 있었다. 먼저 살던 곳은 어디였는지, 살아보니 우리 아파트가 마음에 드는지 이런저런 이야기를 하였다. 아기 아빠가 어려서 이 아파트에 살았기 때문에 이 선수촌(아파트)으로 이사 오게 되었다는 이야기를 듣고 놀라워 그럼 아기 아빠가 35년 전에 301호에 살던 그 어린이였느냐고 물어보니 그렇다는 것이다.

아, 301호! 탄성을 지르며 30년도 더 지났지만 잊혀지지 않고 안타까운 기억으로 남아 있던 일들이 달려 나왔다. 1986년 아시안게임 때 지어진 이 아파트에 입주를 하고 1년쯤 지났을 때였던 것 같다.

같은 동, 같은 라인에 몇 년을 살아도 얼굴조차 익히지 못하고 사는 것이 도시의 아파트 생활이다. 하물며 1년 정도는 친분을 쌓기에는 짧은 기간이었다. 다행히 그 시절에는 반상회가 열려 몇 호에 어떤 사람이 사는지를 겨우 기억할 수 있었다. 18층 건물이었으니 36세대 중 301호가 제일 나이 어린 젊은 엄마였다. 사십대 중반이었던 내 또래가 많았고 나보다 한참 어른, 그리고 막내격인 어린 남매를 키우는 301호가 구성원이었다. 그런데 그해 여름 휴가를 다녀오던 301호의 부부가 교통사고로 5살, 8살 어린 남매를 두고 동시에 그 자리에서 사망한

슬프고도 가슴 아픈 사고가 일어났다. 그 소식을 접했을 때 모두들 자기 일처럼 망연자실하며 하나님도 무심하시지 한탄을 하였다.

부모는 떠나고 어린아이들만 남았는데, 뒷좌석에 앉았던 아이들은 목숨은 건졌지만 비장이 망가지고 심하게 다쳤다는 것이다. 유가족으로 부모님은 안 계시고 아기 아빠의 동생이 있어 장례를 치렀다. 장례식에 내가 대표로 모금을 해서 참석하였는데 본 가족은 아무도 없이 쓸쓸하기 이를 데 없는 마지막 길이었다. 그 후 병원에 있던 아이들은 퇴원을 해서 작은집에서 키운다는 이야기를 들었다. 301호 아이들과 함께 유치원을 다니던 어린이가 같은 아파트에 살고 있어서 작은집에서 잘 지내고 있다는 소식을 전해 듣곤 하였는데 오래도록 아이들의 안부가 궁금해서 생각날 때마다 기도를 하곤 했다.

잘 성장해서 대학 진학도 했다는 소식을 들은 후에는 거의 잊고 있었는데 그 꼬마가 성장하여 옛집을 찾아 살게 된 감동적인 사연이었다.

조카 2명을 구김살 없이 길러내고, 작고한 형님 집을 30년 훨씬 넘게 지켜낸 작은아빠 내외에게도 감사의 마음이 가득했다. 8살짜리였던 아기들의 고모, 즉 누나는 프랑스에 유학을 가서 박사 학위 취득 후 그곳에서 교수가 되었다는 놀라운 소식도 들었다. 5살짜리 남동생보다 철이 들었던 누나는 부모에 대한 기억도 슬픔도 확실한 아픔으로 남아 있었을 것이다.

그럼에도 불구하고 동생을 보듬고 작은집 분위기에 적응하며 공부도 더 열심히 하면서 일찍 철들어 노력하는 삶의 주인이 되지 않았을까? 교수가 된 아기들의 고모에게 관심과 뜨거운 박수를 보내고 싶은 마음이 든 것은, 6.25전쟁 후 12살 어린 나이에 동생과 둘이 남았음에도 고난을 에너지 삼아 성장해 온 내 남편의 삶을 마음에 담고 있었기 때문인지도 모른다.

　　함박눈이 내리던 날, 아기 아빠와 두 명의 아기가 눈을 맞으며 눈사람을 만들고 있었다. 잘 자라준 아기 아빠의 어깨를 두드려 주며 잘 성장해 만나게 되어 고맙다는 인사로 기쁨을 나누었다.

발가락만 아파도

지난 해 11월쯤 첫 추위가 올 무렵, 어느 날 갑자기 걷기가
불편해졌다.

허리가 아픈 것도 무릎이 시큰거리는 것도 아닌데. 참으로
느닷없는 내 몸의 반란이었다. 처음엔 조금 아프더니 점점 심
해졌다.

우선 병원에 가기 전에 발을 자세히 관찰해 보니 오른쪽 엄
지발가락의 발톱이 새카맣게 죽어 있었다. 검은색과 짙은 보
라색을 띠고 있다. 얼마 전, 친구의 언니가 발가락 주변이 짙은
보라색으로 변해가는 증세로 고생이 이만저만이 아니라고 들
은 적이 있었다. 통증은 물론 절단하는 수술까지 해야 할지도
모른다는 겁나게 무서운 내용이었는데 당뇨증세쯤으로 무심히
넘겼다가 발가락 절단을 했다는 것이었다.

티눈과 거칠고 불편한 발바닥 때문에 예약한 피부과 진료가
일주일 후였기에 우선 그날까지는 식구들에게 이야기하지 않았
다. 남편과 아이들에게 걱정을 끼치고 싶지 않았기 때문이다.

젊은 의사는 내 설명을 대수롭지 않게 듣더니 발톱을 사정없이 세게 눌렀다. 너무나 아파 "악!" 하는 비명이 나오려 했지만 꾹 참고 초조하게 의사의 입을 쳐다보았다.

"멍들었군요. 어디 부딪히셨어요? 오래갈 겁니다."

나는 피부가 괴사되어 썩어갈지도 모른다는 방정맞은 생각까지 했었으므로 멍들어 오래갈 것이라는 말은 걱정거리도 아니었다.

긴 시간 아프고 불편한 것쯤이야 참으면 될 일이었다.

그러나 막상 걸을 적마다 당하는 고통은 이만저만 아픈 것이 아니었다. 가까운 곳도, 아니 집 안에서 움직이는 일마저 여간 힘든 게 아니었다. 내 방에서 거실로, 주방으로, 다른 방으로, 이동거리가 멀쩡할 때는 느끼지 못했는데 너무 멀었다. 돌이 깔린 거실 위는 슬리퍼를 신지 않으면 도저히 걸을 수가 없었다. 엎친 데 덮친다고 왼쪽 발의 동전보다도 작은 티눈마저 합세해서 나를 공격해 왔다. 아파트 상가야 가깝다치고 외출하는 일이 그렇게 고역일 수가 없었다.

주로 운동화를 신었지만 겨울이었으므로 눈이라도 쌓이고 추운 날이면 밑창이 닳은 운동화는 미끄러져 겨울부츠를 신으면 그렇게 아플 수가 없었다. 조금 먼 거리를 걷는 일은 걸음이 불편한 여느 노인들 못지않게 힘에 겨웠다. 누군가 나를 위해 옆에서 부축해 주면 그 사람의 몸무게가 내게 실려와 더 힘들었다.

지팡이를 짚고도 겨우 발걸음을 옮기는 노인이나 계단 오르내리는 것을, 아니 평지를 걷는 것조차 힘들어 하는 사람들을 딱하고 안쓰럽게 보며 내 일이 되리라고는 생각하지 않았었다.

지금은 중학생 학부모가 된 작은아이가 8살 무렵 노인정 앞을 지나다가 내게 말했었다. "엄마는 늙지 마." "왜?" "불쌍하잖아. 걸음도 이상하게 걷구." 8살 어린 눈에 비친 처량한 모습은 노인들의 불편한 걸음만이 아닌 쇠잔해 가는 노년의 그림자였을 것이다.

그때 그분들은 다리가 혹은 허리가 불편해서, 아니면 발바닥이나 발가락이 아파서 제대로의 걸음걸이가 아닌 비척비척 걸음을 옮겼던 것 같다.

자신이 아파보지 않고는 알 수 없는 괴로움이었다. 남의 깊은 아픔보다 내 손톱 밑의 가시가 더 중요했던 것은 아니었을까. 허리도 무릎도 아파보지 않은 자신에게 깊이 감사하지 않고 지냈던 것 같다.

어디를 가든 허리를 똑바로 세우고 짱짱하게 걷는 일이 이렇게 장하고 대단한 일이라는 것을 미처 몰랐었다. 기적은 하늘을 날아다니는 것이나 바다 위를 걸어다니는 것이 아니라 땅 위를 두 발로 걸어다니는 것이라는 말이 생생하게 실감났다.

내 몸의 가장 말단인 발의 중요함과 무게감이, 우리 몸의 각각의 지체가 서로 나누어 몸을 지탱하고 있다는 깨달음이 뒤늦게 밀려왔다.

완전 내 것이라고, 아니 내 마음대로 할 수 있다고 생각해왔던 내 몸이 내 것이 아니라는 아픈 현실이, 결코 마음대로 할 수 없다는 어리석음이 새삼 깨우쳐졌다.

어디 발뿐이랴. 내 몸의 곳곳에서 비명을 질러대던 일들이…. 치명적인 질병으로 생사의 갈림길에 서 있지 않더라도 나이를 먹으면 오래 사용한 기계가 고장나듯 여기저기서 비명과 불평을 해대는 일은 익숙하고도 흔한 일이었다.

나이들면 병을 벗 삼아 슬슬 달래가며, 나들이 삼아 병원을 드나들어야 한다고 머리로는 받아들였지만 그것은 어디까지나 내 것을 다루는 방법이었다. 내 몸은 결코 내 것이 아니기에 내 마음대로 할 수 없다는 것을 인정할 수밖에 없었다.

이 세상에 내 것은 하나도 없다. 내 몸뚱이도 내 것이 아닐진대…. 남편도 내 것이 아니고, 자식도 내 것이 아니다. 내 거처인 집도, 옷장 열고 마음대로 골라 입을 수 있는 옷도, 내 이름으로 되어 있는 통장도 다 내 것이 아니다. 살아 숨쉬는 동안 관리하고 사용할 수 있도록 맡겨 주신 것일 뿐! 소풍 나온 것처럼, 아니 여행 온 것처럼, 잠깐 나그네처럼 세상에 머물다 하나님이 부르시면 빈손으로 맨몸으로 떠나야 할 것이다.

"수의에는 주머니가 없다."라는 말이 있다.

빈손으로 왔다가 빈손으로 돌아가야 하는 진실 앞에서도 끝내 욕심을 내려놓지 못한 채 뒤틀린 욕망의 노예가 되어 목숨을 이어가고 있는 것이 우리 모두의 모습일 것이다. 가진 자의 끝없는 욕망도, 악인의 이해할 수 없는 악행도, 루저들의 불만과 부정적 시각도, 지식인의 오만도 모두 어리석고 허무한 몸부림일 뿐이다.

그러나 내 것도 아닌 내 몸, 말단 맨 끝의 발가락, 발톱만 아파도 이렇게 힘들고 아픈 것이 우리가 살아내야 하는 현실이다.

아직도 깨끗이 가시지 않은 발톱의 포도색 반달선을 바라보면서 살아낼 수밖에 없는 삶의 무게를 뼈저린 교훈으로 되새겨 본다.

들기름 2병의 온기

이른 아침 식사 준비로 바쁜 시간에 현관 벨이 울렸다.

'이 시간에 올 사람이 없는데 누구일까.' 생각하며 문을 열었더니 뜻밖에도 아파트 청소 아주머니가 서 있었다. 들기름 2병을 들고서….

나는 받을 생각도 않은 채, "아니, 이렇게 귀한 것을 2병씩이나." 하며 놀랐다.

나는 마음만 받겠다고 인사를 전하고는 돌려보낼 생각이었다. 이런 선물을 받을 만큼 큰 도움을 준 것도 아니었기에.

내가 마음만 받겠다며 사양하니 일부러 좋은 들깨를 구입해 방앗간에서 직접 짠 기름이라며 받아달라고 진심을 담아 이야기하였다.

진심 어린 마음을 외면할 수가 없었다. 대신 나도 요긴한 것을 구해 선물해야지 하는 생각으로 받아들었다. 특별히 친절하게 대하긴 했지만 일하는 분들에겐 늘 이런 정도의 친절은 입주민으로서 예의였다. 물론 명절엔 선물도 준비했고 옷이나 신발 등, 지난 가을엔 선배 언니네 농장에서 유기농으로 재배한 현미 10kg도 준 적이 있었다. 경비 아저씨나 다른 분들보다 마음이 더 갔던 것은 그 아주머니의 일하는 태도 때문이었다. 음식물 쓰레기통에서는 언제나 악취가 진동을 하고 날파리들이 날아다니곤 한다. 특히 추운 겨울에 음식물 찌꺼기가 얼어붙은 통을 꼼꼼하게 닦아낸 후 맑은 물로 헹구어 내는 분은 그 아주머니가 유일할 것이다. 교대로 일하는 분들은 설렁설렁 아주 눈 가리고 아웅식으로 엉터리로 대강대강 일을 한다. 계단 청소를 할 때도 계절 상관없이 특히 한여름에 땀을 흘리며 계단 신주를 닦을 때는 너무 딱해 "아주머니, 쉬엄쉬엄 하세요." 인사하곤 한다. 내가 외출을 할 때나, 외출에서 돌아올 때나 재활용 쓰레기 정리에 몰두하고 있을 때도 다가가 손잡으며 서로의 안부를 전하며 따뜻한 마음을 나누어 갖곤 하였다.

왜소한 체격에 눈꺼풀은 눈을 덮을 만큼 감겨 있는 것 같고, 마주보고 이야기하지 않으면 잘 듣지 못하는 그런 분이 에너지 넘치는 듯 일을 하는 것을 보면 숙연해지기까지 한다. 집 안으로 들어오기를 한사코 사양해 마실 것을 손에 들려준 채 이야기할 기회를 만들어 긴 얘기를 나눌 수 있었다. 키가 작은 분과 이야기를 나누려면 키가 큰 나는 늘 내려다보며 시선을 맞추려니 내가 갑이 되는 것 같아 마음이 불편하였다.

그러나 놀라울 만큼 야무지고 건전한 생각을 갖고 살아온 분이라는 것을 알 수 있었다. 청소 일을 하기 전에는 분식점을 했었는데 남편이 세상을 떠나면서 혼자 하기엔 힘에 부쳐 혼자 할 수 있는 일을 찾게 되었고, 워낙 정리하는 일과 주위를 깨끗하게 치우는 일이 자기 적성에 맞는 일이라서 청소 일을 하게 되었다는 것이다. 첫 직장은 교통공사였는데 그곳에서 화장실 청소부터 철저하게 빈틈없이 일하는 것을 익혔고, 백화점에서도 근무를 하였는데 청소부라도 고객을 대하는 태도부터 청결한 환경을 만드는 책임감을 배웠다는 것이다.

열심히 일하여 두 명의 아들을 교육시켰고, 반듯하게 자란 아들들이 엄마에게 이젠 쉬라고 권유하지만 자기는 움직일 수 있을 때까지 일을 하겠다는 결심이라고 했다. 사람들 보기에는 초라한 청소부였지만 나부터 배운 것이 많았고 깨달음이 큰 울림으로 다가왔다. 더더욱 놀라웠던 것은 두 아들을 결혼시킬 때 세 모자가 힘을 합쳐 다세대주택의 한 층씩 집을 사서 독립시켰다는 것이다. 요즈음 자식들에게 집을 마련해 주기란 얼마나 힘든 일인가. 전셋집을 준비하기도 힘든 세상인데!

나와 청소 아주머니는 전혀 다른 길을 걸어와 살고 있지만 서로 다른 마음들이 화합하여 화음을 이루듯이 우리가 쌓아온 우정과 살뜰한 정겨움은 오래도록 내 마음 안에 훈훈하게 자리하고 있을 것이다.

그분의 따스하고도 바른 성품 덕분에!

까막눈 할매들의 노래

소녀는 학교 입학식 날을 생각하면 가슴이 콩닥콩닥 뛰며 그 날이 기다려졌다. 작년에는 아버지의 반대로 눈물을 삼켰지만 올해는 엄마의 응원으로 드디어 학교에 가게 되었다. 글을 배우면 틈틈이 책도 읽으리라. 버려진 신문 조각이라도 찬찬히 읽어볼 수 있겠지!

그러나 그날 입학식이 끝나기도 전에 아버지의 고함소리와 함께 끌려 나왔다. 단 하루도 안 되는 시간이 어린 소녀의 학교 생활의 전부다.

동생을 업고 집안일을 하면서도 울타리 너머로 학교 가는 아이들을 보면 그렇게 부러울 수가 없었다. 엄마를 도와 동생들을 돌보며 살림을 하고 틈틈이 텃밭에 나가 일을 하는 고된 생활 속에서도 세월은 빠르게 흘러 소녀는 어느새 시집갈 나이가 되었다.

결혼을 한 후에도 바쁜 생활은 여전했다. 아니, 더 눈코 뜰 새 없이 바쁘고 고된 생활이 이어졌다. 시부모 모시고 아이 낳아기르고 농사일에 집안의 대소사 챙기고, 잠깐 쉴 틈도 죽을 틈도 없는 고단한 삶이었다. 수십 년이 넘도록 까막눈으로 살아온 캄캄한 세월이었다. 장날 틈틈이 산나물 캔 것과 열무단을 이고 팔러 가면서 '상점 간판이라도 읽을 수 있다면 얼마나 좋을까.'라는 생각이 수없이 들 무렵 글을 배울 기회가 찾아왔다. 군산시가 한글을 배우지 못한 할머니들을 위해 문해 교육을 시키는 늘푸른학교를 운영한다는 반가운 소식이었다.

글을 깨우칠 기회를 얻은 경우가 비단 한 사람뿐이었을까!

군산시는 한글을 배우지 못한 할머니 90명이 지은 『할매 시작詩作하다』라는 시집을 발간했다.

동생들 돌보고 집안일 하라고
학교에 간 첫날
아버지에게 끌려나와
평생 동안 학교는 단 하루 다녔다
고단한 세월은 가슴에 묻고
60년을 까막눈으로 살아야 했다
다 늙어 세월이 좋아져
학교를 다니며 글자를 배워
읽고 쓸 수 있으니 참 좋다.

70세를 넘긴 할머니의 「묻어버린 꿈」이라는 시다.

시집에 자작시를 써 내려간 90명의 할머니들 평균 나이는 75세다.

늘푸른학교 최고령 학습자는 98세이지만 시를 발표한 학습자 중 가장 큰형님은 93세이다. 가장 나이가 많아 「늦깎이 학생의 다짐」이라는 시를 쓴 할머니는 90세가 돼서야 한글을 배우기 시작했지만 하루하루가 기쁘고 스스로 대견해 즐거운 마음으로 살고 있다고 말했다.

92세에 시를 쓰기 시작해 98세에 첫 시집을 내며 세계적인 화제를 몰고 온 시바타 도요 선생의 이야기를 기억하고 있지만 그 이상으로 감동적이다. 90세의 노년에 까막눈을 벗어난 할매 시인들…. 「글자꽃이 피었다」라는 시를 쓴 70대의 할머니는 글을 배운 뒤 간판 글자가 눈에 보이자 그 글자가 꽃이 핀 듯이 보였다는 마음을 시로 적었다. 내가 가장 박수 치고 싶은 시는 「식은 죽 먹기」라는 80 넘은 할머니의 시였다. 제목도 기발하지만 이런 내용도 시가 될 수 있다는 놀라움 때문이었다.

경로당 살림을 하게 되어
가계부를 적어야 하는데
글을 몰라 적지 못했다
옆집 사는 동생에게
대신 적어 달라고 하니

처음에는 해주더니
나중에는 귀찮다고
안 해줘서 울기도 했다
늘푸른학교에 다니면서
공부를 하다 보니
지금은 경로당 가계부 쓰는 일은
식은 죽 먹기다

얼마나 솔직하고 담백한 표현인가!
  순수함을 잃어가는 나의 감성을 들여다보면서 배고픔 못지않
게 서러운, 못 배운 한을 떨쳐 버리고 울림이 큰 시집을 엮은 까
막눈 벗어난 할매들과 군산시에 격려와 뜨거운 박수를 보낸다.

  *출처:『할매 시작詩作하다』(군산시, 군산시늘푸른학교)

장갑 한 짝

장갑 한 짝이 없어졌다. 아니, 잃어버렸다.

엘리베이터 안에서 분명히 장갑 양쪽을 확인했었는데….

경비실 앞이나 혹은 엘리베이터 안, 오는 길에 떨어져 있을 것이 분명했다. 현관 앞에서 장갑 한 짝을 주운 사람이 경비 아저씨에게 맡겼을 것 같기도 하고, 아저씨가 직접 챙겨 두었을 것이다, 생각하였다. 그러나 저녁에 집으로 돌아와 경비실에도 확인해 보았으나 아무 곳에서도 장갑 한 짝은 찾을 수 없었다. 자기가 사용하던 물건은 머리핀 하나라도 잃어버리면 찾을 때까지 찾아 헤매게 된다. 아쉽기도 하고 손때 묻은 것에의 정이랄까.

장갑이야 여러 켤레 갖고 있으니 잃어버려도 그만이지 생각하려 해도 여간 아쉽지가 않았다. 가죽장갑도 쎄무장갑도 버거운 사람처럼 좀 불편했고, 털실로 짠 밤색 장갑은 보드랍게 착 감기는 것이 제일 마음에 들었다. 어쩔 수 없지, 단념을 하면서도 자꾸 생각이 나는 건 오래된 추억 때문이었다.

오래전 중학교 1학년 때 겨울방학을 하던 날, 학교에서 크리스마스 선물을 나누어 주었다. 미국 교회의 성도들이 6.25전쟁을 치른 가난한 우리 국민을 위해 보내준 옷이나 생활필수품들이었다.

전국 여전도 회의와 YWCA의 창립을 위하여 미국에 머물고 계시던 김필례 교장선생님이 미국 전역을 돌며 도움을 청하여 이루어 낸 결과물이었다. 내게는 짙은 밤색 벙어리장갑이 주어졌다. 부드러운 밤색 실로 짜여진 장갑, 손등 부분에 진초록 나뭇잎이 수놓아진 그 장갑은 내 마음에 쏙 들었다. 장갑이 없어 맨손을 호호 불며 다니던 내게는 보물과 같은 존재였다. 수없이 만져보고 쓰다듬어 보곤 하던 장갑, 앉은뱅이 책상 위에 올려놓고 흐뭇하게 바라보곤 하였었다.

1953년은 포성이 울리는 전쟁 중은 아니었으나 6.25전쟁의 상흔이 채 가시지 않은 폐허 위에서 배고픔을 견디며 살았던 모두가 가난하던 시절이었다. 춥기는 얼마나 추웠던가. 상 위에서 미끄럼을 타던 반찬 그릇, 문고리에 쩍 달라붙곤 하던 시린 손, 세수하고 머리 빗으려면 머리칼에 얼음이 섞여 핀 하나 꽂기도 어려웠던 등교시간. 영하 10도만 되어도 한파 경보가 발표되고 호들갑을 떠는 요즈음 그때의 추위가 생각나면 그 장갑이 떠오르곤 했었다. 그 장갑과 똑같던 색과 부드럽고 따뜻했던 촉감의 장갑을 못 잊어하며 남은 한쪽 장갑을 버리지 못하고 서랍에 넣어둔 채 2주일쯤 지났다.

흰 눈이 내려 소복소복 쌓이던 날, 잔디밭 나뭇가지 위에 눈에 익은 장갑 한 짝이 듬성듬성 눈을 뒤집어쓴 채 누워 있었다.

"어머, 어머, 내 장갑!"

나는 값비싼 보석이라도 발견한 듯 소리 지르며 눈 덮인 장갑을 주워들었다.

도대체 어디에서 헤매며 나를 찾고 있었을까!

누군가의 발끝에 차여 쓰레기통 신세를 면하고 나무 위에 던져져 나보다 더 나를 그리워하며 찾고 있지 않았을까?

꾸안꾸

'꾸안꾸'라는 낱말은 외래어 같지만 꾸미지 않은 것처럼 꾸민다는 우리말의 신생 조어다. 꾸안꾸 스타일이라 표현하는 패션 용어, 꾸민 듯 안 꾸민 듯한 고수들의 옷차림을 일컫는다. 유행을 따르지 않는 듯 조용하고 무난한 점잖은 옷차림, 화려한 색채도 요란한 무늬도 없는 옷을 입은 사람 자체가 귀한 분위기를 나타내는, 존재 자체가 고급스러운 분위기를 자아내는 옷차림이다.

무늬 없는 무채색의 옷 한 벌 입고, 반지도 목걸이도 귀걸이도 브로치도 착용하지 않은 채 명품 시계 하나로 포인트를 준다든지 아니면 액세서리 여러 가지 중 한 가지만 착용해 단순하지만 조용하고 고급스러운 분위기를 연출한 옷차림을 말한다. 아마도 이런 귀한 분위기는 타고나야 하는 것이 아닐까 싶기도 하다.

타고난 금수저의 귀족이 아니더라도, 값비싼 명품이 아닐지라도 자신만의 느낌과 눈썰미로 꾸안꾸를 실천할 수 있지 않을까. 얼룩덜룩 무늬가 요란한 겉옷에는 무늬 없는 스웨터를 안에 입어준다든지, 무늬가 있는 화려한 옷에는 브로치를 달거나 목걸이 등은 삼가야 한다든지, 간결하고 조용한 무채색의 옷차림이 꾸안꾸 연출을 할 수 있는 안목이다.

화장하기에도 해당하여 화장을 한 듯 안한 듯 자연스런 얼굴, 생얼은 아니지만 은은하고 투명한 피부 톤을 유지하는 것 또한 차원 높은 '꾸안꾸' 화장술이다.

사람은 누구나 자기 나름대로 아름다움과 멋내기에 대한 기준을 갖고 있을 터이다. 자기 외모에 대한 자존심, 자기 스타일이랄까.

여자들의 외모에 대한 현대판 솔로몬 명재판을 읽고 폭풍 공감으로 무릎을 친 적이 있다. 만원 버스에서 자리 하나를 두고 두 여자가 다툼이 났다. 여자 차장이 중개에 나섰으나 결론이 나지 않아 기사가 심판에 나섰다. 기사 왈 큰 소리로 "못생긴 여자를 앉히도록 한다." 그 자리는 끝까지 비어 있는 채로 달렸다. 이것이 어떤 여자나 갖고 있는 자존심이고 지니고 있는 아름다움을 향한 열망이다.

나이와도 상관이 없는 것 같다. 오래전 노권사님들을 어머니처럼 가깝게 모실 때, 생신 때나 외국 여행 후 선물을 드리면 젊어 보이는 소지품이나 화장품을 그렇게 좋아하셨다. "늙어도 여자는 여자란다." 하고 말씀하시면서. 내가 그 나이가 되어보니 알 것 같다.

화장이나 옷차림이 요란해 눈살이 찌푸려지는 사람을 보면 속으로 어떻게 저렇듯 요란한 옷을 입고 저렇게 진한 화장으로 자신을 나타내려 할까 딱한 생각이 들곤 한다.

사람도 떠들썩하고 말이 많은 사람은 실속이 없다. 아는 체, 자랑이 심하고 훈수 두기를 즐기는 사람은 꼰대 취급을 받기 일쑤다. 경우에 따라서 적당한 유머를 섞어 분위기를 화기애애하고 부드럽게 하거나 주위를 즐겁게 만드는 유머 감각도 머리 회전이 빠르고 타고난 순발력이 있어야만 가능하다.

나이들어 조심하여야 할 행동강령에는 "입은 닫고 지갑은 열라."는 말이 있다. 알고는 있지만 우리 세대 사람들은 배고픈 시대를 살아왔기 때문인지 버려야 할 것도 버리지 못하고 무조건 아끼는 궁상스런 버릇을 지니고 있다.

우리나라는 6.25전쟁을 거쳐 너나 할 것 없이 가난한 시대를 살았던 최빈국에서 도움을 주는 나라로 탈바꿈해 세계 7대 부국이 되는 기적의 나라가 되었다. 100년도 채 안 되는 기간 동안 이렇게 깜짝 놀랄 만한 삶의 변화를 겪은 세대는 아마도 세계에서 대한민국의 우리 세대밖에 없을 것이다.

그렇다고 지금 우리 모두가 행복한가.

그건 아니지만 편리하고 깨끗한 지하철, 어디서나 마음대로 사용할 수 있는 공중 화장실, 길거리에서 마주치는 이들도 도시 사람이나 시골 사람이나 똑같이 예쁜 옷차림과 멋스러운 모자를 착용하고 있다.

앞으로 상류층 사람들의 모습 같은 세련된 '꾸안꾸' 옷차림
이나 투명한 화장의 모습이 서민들의 생활 속까지 들어와 자리
잡았으면 하는 바람을 가져보아도 될는지?

선숙과 함께 축배를!

선숙 권사가 멀리서부터 나를 보자마자 뛰어와 우리 둘은 뜨겁게 포옹했다.

기쁨과 감사가 가득 찬 마음으로!

선숙 권사의 아들 주원 군이 변호사 합격의 기쁨을 전해온 것이다.

20대에 사고로 남편을 잃고 어려운 시간을 견디어내며 4살 주원이를 길러낸 장한 엄마다. 그뿐인가, 엄하고 까다로운 시부모님을 긴 세월 모신 효부 중의 효부다.

선숙 권사는 우리 교회의 막내 권사다. 선배 권사들이 많이 있지만 교회 행사가 있을 적마다 집사 때부터 궂은일 마다않고 제일 먼저 달려와 참여하는 보배로운 큰 일꾼이다.

항상 울적함이 깃든 얼굴로 부지런히 움직이는 젊은 날의 선숙 집사는 내게는 늘 비 맞은 병아리를 보는 것 같은 애처로운 모습이었다. 우리 딸들보다는 너댓 살 위지만 조카들과 같은 또래의 어린 선숙은 한 번도 자신의 고된 시집살이에 대해서 이야기한 적 없는 속 깊은 여인이다. 다만 미루어 짐작하건대 지병이 있던 남편과 지낼 때도 힘겨웠을 그의 생활이, 남편마저 잃고 4살, 6살 어린 남매를 데리고 기를 펴지 못한 채 사는 모습이 누구에게나 보였던 것이다.

선숙 집사는 구역 예배가 끝난 후 단 한 번도 구역 식구들과 함께 식사를 한 적이 없었다. 12시쯤 예배가 끝나면 무엇에 쫓기듯 집으로 달려가 시부모님의 점심식사를 차려야 했기 때문이었다. 우리들 생각에는 다 준비해 놓았을 터인데 그냥 차려드리면 될 것을 선숙 집사가 달려가는 것을 보면 구역 예배 드리는 시간만 어렵게 허락받은 것이 분명해 보였다. 한 일을 보면 열 일을 안다고 선숙 집사가 살고 있는 숨 막히는 생활을 보는 듯했다. 한창 장난이 심한 어린 남매는 집 안을 금방 어지럽히고 이곳저곳 낙서를 했을 터이다. 깔끔하신 어머님이 잘 정리해 놓은 집을 어지럽히면 꾸중하실까 봐 늘 긴장을 하고 지내는 것 같았다.

도와주고 싶은 마음이었지만 내가 할 수 있는 일은 거의 없었다.

만나면 손 잡아주고 등 두드려 주면서 아이들은 잘 있는지, 부모님들은 건강하신지, 어려운 일 있으면 이야기하라고 위로의 마음을 전했을 뿐이다.

시간이 지나 아이들도 잘 성장해 주원이는 어느덧 중학생이 되었다. 내가 노숙자 봉사를 맡아 그 부서의 책임 권사가 되었을 때 선숙 집사와 함께 봉사를 다녔다. 매주 수요일 9시에 모여 돼지고기 10㎏과 각종 야채를 갖고 영등포 근처 광야교회로 갔다. 교회 예배를 드린 후 쪽방 근처 노숙자들에게 식사를 나누는 봉사였다. 음식을 만드는 부엌은 대낮에도 쥐들이 달리기를 하는 열악한 환경이었다. 음식을 만들고 배식을 끝내고 나면 녹초가 되었다. 노숙자들에게 고기를 대접하는 단체는 우리 교회가 유일해서 기다리는 줄이 끝없이 계속되곤 하였었다.

어느 날 중3인 주원이가 개교기념일이라 쉬는 날이라고 엄마를 따라 노숙자 봉사를 나왔다. 얼마나 신통하고 대견하던지 그 마음만으로 충분하다고 칭찬을 하면서 들어가서 공부하라고 돌려보냈다. 나는 그날 선숙 집사가 자식을 얼마나 바르게 잘 키웠는지, 주원이가 될성부른 그릇으로 잘 자랐는지 알 수 있었다.

나이드신 시아버님의 병수발을 지극정성으로 하던 선숙 집사가 아버님의 소천을 앞두고 슬픔 중에도 소원이 있다고, 아버님의 장례를 모실 때 담임목사님이 와 주시면 큰 위로가 되고 용기를 갖고 살아갈 수 있겠다며 청을 했다. 엄한 시집살이 중에도 선숙에게 따뜻함을 전해주시던 시아버님의 타계 후 선숙 집사의 삶이 더 각박해질까 봐 나는 내 일처럼 걱정이 되었었는데 그 부탁은 좀 의외였다. 출석교인이 5천여 명이나 되는 성도들의 경조사는 부목사님들이 담당하게 되어 있었고 담임

목사님은 대학의 교수직을 겸하고 계셔서 성도들의 개인사는 챙기시지 않는 것으로 정해져 있었다. 목사님을 뵙고 선숙 집사의 상황과 심정을 소상히 말씀드려 어렵게 시간을 내어 영결식을 집전해 주셨다.

장례 후 담임목사님께 인사를 드리러 선숙 집사와 주원을 데리고 목사님실을 찾았을 때, 선숙 집사는 목사님을 뵙고서는 무조건 펑펑 울기 시작하였다. 목사님은 아무 말씀도 안하시고 크리넥스통을 선숙 집사 앞으로 밀어 주셨다. 그 울음은 그동안 고달팠던 시간과 감사함을 충분히 설명하고도 남았다. 그 후 주원이 대학을 졸업하고 로스쿨에 합격했을 때도 함께 목사님께 기도를 받았었다. 권사 투표가 있었을 때 선숙 집사는 가장 많은 표로 권사 피택이 되었다. 누구나 선숙 집사의 봉사와 상 받을 만한 생활을 알기 때문이었다.

주원 군은 호된 훈련과 바쁜 일정의 변호사 생활을 견디어 내고, 신앙으로 다져진 엄마의 가정교육으로 약자의 편에서 억울함을 벗겨 주는 변호사의 길을 갈 것이다. 일부 변호사들이 법 지식을 이용해 힘있는 자들의 편이 되는 고약함을 넘어서 사회를 정화시키는 역할을 기대하며 응원하고 있다.

방방 뛰는 에미나이

'방방 뛰는 에미나이'라는 말을 듣자마자 웃음부터 튀어나왔다.

북한에서 원더우먼이나 원더걸을 일컫는 말이라니 외래어를 쓰지 않는 고집스러운 그들의 표현이 가소롭다. 얼음 보송이, 이태리 지지미, 부끄럼 가리개, 살을 깐다든지, 통역이 없어도 그 말을 알아들을 수 있는 것은 그래도 같은 민족이라는 공통분모를 지녔기 때문이 아닐까!

얼마 전 모교 동문 기도회에서 북한에 2년 6개월 동안 억류되었던 임현수 목사님의 특별 간증 집회가 있었다. 캐나다 국적을 지닌 임 목사님은 캐나다 교회를 이끌면서 북한 동포의 가난 구제와 선교를 오랜 시간 해 오시던 목회자이다.

언론을 통하여 알고는 있었지만 영상과 설명을 듣고 보니 비참한 실상을 생생하게 접할 수 있었다. 굶주림과 병마에 시달리는 아이들의 모습은 차마 눈뜨고 볼 수가 없었다. 병들지 않았어도 영양실조에 허덕이는 아이들은 제대로 자라지도 못한 채 피골이 상접해 있었다. 6개월만 제대로 먹이면 어린이다운 모습이 되돌아왔다. 북한의 지도자들도 고마웠던지 김일성대학에서도 도움을 요청해 다각도의 도움을 베풀어 주었다.

순전히 민간 차원에서 주로 본 교회와 교계의 500억 원 가까운 후원금으로 20년 가까운 세월 도움을 주었는데 임 목사님이 최고 존엄 모독죄로 사형선고를 받게 된 것이었다. 그러나 세계의 이목 때문인지 차마 사형은 못 시켰고 종신 강제 노동의 시간을 보냈다고 한다. 캐나다 교회의 설교 시간에 북한 동포는 하나님을 믿고 그 아들 되시는 예수 그리스도를 섬겨야 되는데 김일성과 김정일을 우상으로 받들고 있는 것에 대한 안타까움을 표했는데 그러한 내용과 장면까지 촬영해 죄목을 정했다고 한다. 그들의 잔인성을 생각하면 주님의 손길과 중보기도의 힘이 아니면 살아서 돌아오는 것은 기적일 수밖에 없는 것이다. 미국 청년 웜비어가 식물인간이 되어 돌아올 수밖에 없었던 이유가 이해가 되고도 남는다는 임 목사님의 생생한 증언에 충분히 공감이 갔다.

고통스러운 노동에 잔인하고도 강제성을 띤 회유는 머리를 돌아버리게 하고 몸을 망치게 하고도 남아 임 목사님 자신도 웜비어처럼 될 것 같았는데 그 순간마다 주님의 손길과 음성이 자신을 지탱해 주었다고 하였다.

북한에 가보지 않았어도 우리는 알 수 있다.

거짓과 세습독재의 악랄한 정권 아래서 신음하는 북한 동포들의 참상을!

북미회담의 커다란 주제를 앞에 두고도 첨단 무기인 단거리 미사일 이스칸데르를 쏘아올리는 도무지 이해할 수 없는 악랄한 작태를!!

이산가족 상봉을 바라보는 심정은 안타깝고 서글프지만 솔직히 이북에 고향과 부모 형제를 두고 온 분들처럼 절실하지는 않았다. 하지만 탈북청년들과의 교류를 통해 북한을 가깝게 느끼고 같은 민족이라는 생각을 갖게 되었다.

교회 안에 탈북청년들을 위한 부서가 있었다. 새터민을 거쳐 남한에 정착한 청년들에게 하나님 사랑을 깨닫게 하여 그들이 앞장서 하나님을 전하고 남한의 생활을 익힌 젊은이들이 통일을 위한 역군이 될 수 있도록 성장시키는 조직이었다. 100여 명 가까운 청년들이 모였고 담당 목사님도 탈북자로 남한에서 신학대학원을 졸업하고 목사 안수를 받은 분이셨다.

남한에 정착은 하였지만 모든 것이 어설프고 궁핍한 그들을 위해 부모 맺어주기 프로그램을 계획하고 실행에 들어갔다. 하지만 이북이 고향이신 몇몇 분들 이외에는 활발하게 진행이 되지 않았다.

내게도 도움의 요청이 왔는데 자신이 없었다. 이북에서 탈출한 그 아이들을 도와주고 싶은 마음은 있었으나 부모가 돼 준다는 일은 두렵고 걱정이 앞서 결심이 서지 않았다. 깊이 생각하고 기도를 하고 남편과도, 가깝게 지내는 목사님과도 의논하였으나 결론이 나지 않았다. 나 혼자보다는 권사들 몇 명이서 혹은 한 구역에서 공동으로 청년 한 명씩 맡아 돌보는 것이 좋겠다는 의견이 지배적이었다.

진짜 탈북인지 위장 탈북인지, 언제든 돌변해 배신을 때릴 수도 있다는 우려의 목소리를 들으면 나쁜 상상으로 망설여지곤 하였다. 남북한의 불신시대는 정치적인 것을 넘어 민간인에게까지 팽배해 있었다.

나는 부장 집사님을 만나 딸만 키워 보았으므로 여자아이를 추천해 달라고 부탁하였다.

나와 연을 맺게 된 아이는 23살의 중앙대학교 신문방송학과에 재학 중인 혜란이었다. 아이는 야무지고 똘똘했다. 집으로 불러 식사도 함께 하고 외식도 하고 남편과 함께 극진히 대하였다.

혜란은 중국을 거쳐 캄보디아의 산길을 맨발로 넘어 왔다고 했다. 다행히 엄마와 동행이어서 식당일을 하는 엄마와 임대주택에 살고 있었다.

혜란의 생일도 챙기고 예쁜 옷도 사주고 딸들이 아끼던 고급 옷들도 골라가게 하였다. 혜란이 많은 의논을 해왔는데 그 아이의 숱한 고민은 나의 걱정거리가 되곤 하였다. 한글인증 시험도, 한국사 시험 준비도 열심히 하도록 하면서 전공을 살려 언론계에서 일하기를 여러모로 도왔다.

북한의 실상을 알리는 데도 큰 역할을 할 수 있기를 바랐고, 무엇보다 우리나라에서 공부한 알파걸들보다도 그 아이의 고통의 시간들은 큰 자원이 되어줄 것 같았었다.

나는 혜란이 방방 뛰는 에미나이가 되어 하나님의 영광을 증거하기를, 남한에서 용기를 주었던 따스함을 마음 속에 간직하기를 기도했다.

꽃보다 아름다워

오늘 윤지 아기의 머리핀은 노란 나비다. 아직 말랑한 머리통, 많지 않은 머리카락에 날아든 나비는 아기의 뽀얀 얼굴을 더욱 눈부시게 한다.

귀염 폭발 윤지의 영상은 하루의 시작을 밝은 마음으로 열어 많은 사람들의 얼굴에 웃음꽃을 피우게 한다.

폰에서 채팅방을 확인하고 답을 주고받고 나면 습관처럼 유튜브 채널로 들어가게 된다. 알아도 그만 몰라도 그만인 각종 뉴스들, 흥미 위주의 허접한 이야기들, 제목을 미끼로 던지는 속빈 강정 같은 흥미 위주의 연예인 이야기들이 채널을 도배하고 있다. 물론 정확한 시사 해설이 돋보이는 시원한 뉴스도 드물게 있긴 하지만! 윤지 아기 영상을 처음 봤을 땐 푸른 나무 아래 서서 신선한 바람을 맞는 그런 기분이었다. 백일 가까울 때의 아기의 풋풋한 미소, 희고 포동포동한 손과 발을 흔들어 대는 아기는 날개를 숨기고 있다가 곧 날아오를 것 같은 아기 천사다. 물론 아기들은 다 예쁘다. 잘생겼든, 윤곽이 제대로 생기지 않았어도 무조건 예쁘긴 하다. 윤지는 12살과 8살, 두 아들을 키워놓은 40살 엄마가 8년 만에 낳은 늦둥이 아기다. 저출산의 시대에 칭찬과 격려를 아낌없이 보내주고 싶은 가정의 신통방통 아기다. 아기 윤지는 쌍꺼풀 없는 맑고 큰 눈에 분홍빛 두 볼, 만져보고 싶은 몽실몽실 통통한 두 다리로 허공을 걷어차고, 두 팔을 뻗어 손닿는 것마다 당겨보는 싱싱한 향기가 뿜어져 나오는 건강한 아기다. 그런 모습뿐만 아니라 유독 시선을 끄는 사랑스러움을 지니고 있다. 출산장려 영상이라는 글귀가 화면에 뜨는 것을 나중에야 알게 되었다.

이 가을 쌓여진 마음의 무거움 때문에 신산스러움이 가득 차오를 때 윤지의 영상을 보면 힐링이 되는 느낌이다. 엄마가 불러주는 꾸꾸까까, 곰 세 마리 노래를 알아들었는지 춤추는 듯한 손발의 움직임, 신바람난 듯 얼굴 가득 함박웃음을 띠고 있는 모습은 살아 있는 예술품이다. 강보에 싸여 잠만 자던 아기가 언젠가부터 웃기 시작할 때, 뒤집기를 시도할 때는 스포츠를 관람하듯 눈을 떼지 못하고 응원을 했다. 아기의 성장은 신비로워 이제는 일어나 앉아 장난감을 고르고 식구들을 알아보는 듯 의사 표시도 하게 되었다. 이보다 더 아름다운 화초가 또 있을까! 윤지가 건강하게 특별히 사랑스러운 모습으로 하루가 다르게 잘 크고 있는 것은 온 가족의 사랑을 한몸에 받기 때문일 것이다. 엄마 아빠는 물론 오빠 둘의 동생 사랑은 볼 적마다 미소를 금할 수가 없다. 그 또래 남자아이들은 자기들 놀기에 바빠 갓 태어난 동생을 그렇게 예뻐하기가 쉽지 않을 터인데, 동생을 안고 있는 아빠 곁에서 "나도 한번 안아볼래." 조르는 8살짜리도, 제법 편안하게 동생을 안아주기도, 업어주기도 하는 12살의 스윗한 오빠의 모습도 한 편의 그림을 보는 듯하다. 이제 겨우 앉기 시작한 아기동생을 가운데 두고 밤톨 같은 두 녀석이 다투어 보드라운 동생의 볼에 뽀뽀를 해대는 영상은 보고 또 봐도 싫증이 나지 않는다. 엄마가 식사 준비를 하거나 집안일을 할 때 동생을 오빠들에게 맡기고 가끔씩 세 아이들에게 사랑의 눈맞춤을 하는 영상은 보는 이들에게 한 가정의 따뜻함을 전해준다. 사랑이 가득한 집에는 햇살 같은 행복이 차고도 넘쳐난다. 윤지 아기에게 많은 사람이 사랑과 응원을 보내주는 것은 그 가정이 이루어낸 사랑공동체의 가치 때문일 것이다.

연예인이나 알려진 사람들의 가정이 아닌 평범한 소시민인 윤지 아기의 가정엔 가장의 역할에 충실한 아빠, 지혜로운 아내이자 아이들의 엄마, 건강하게 티없이 자라는 너무 예쁜 아이들이 있다. 아기 낳기를 포기하고 마음을 닫아버린 젊은이들이 윤지 아기의 영상을 보고 난 후 아기를 낳아보고 싶다는 댓글을 제법 많이 올린다니 바람직한 소식이다.

결혼도 피하고 아이들도 안 낳으려 하니 소멸되어 가는 인구를 생각하며 어두워진 마음이 윤지 아기로 인해 떠오르는 햇살처럼 밝아지고 있다.

채록 시

보드라운 머리칼 사이로
노란 나비 날아오르고
해맑은 눈동자
탱탱한 두 볼에
복숭아빛 미소

삼남매 늦둥이
신통방통 윤지

꾸꾸까까
곰 세 마리
엄마의 노래에
몽실몽실 포동포동
다리 팔로 추는 춤

꽃밭에서 피어나는
천사의 날갯짓
집 안 가득 햇살로 퍼진다.

*채록 시 : 본문에서 뽑아낸 단어들을 채집하여 쓴 시.

삶의 소중한 작은 행복들을 찾아서

─남춘길 수필집《숨겨진 행복》을 중심으로─

최 원 현
(수필가, 문학평론가)

삶의 소중한 작은 행복들을 찾아서

−남춘길 수필집《숨겨진 행복》을 중심으로−

최원현

(수필가, 문학평론가, (사)한국수필가협회 명예이사장, 한국수필창작문예원장)

1. 들어가며

문학은 평범함과 익숙함 속에서 낯섦을 찾는 것이고 그 낯섦을 통해 새로운 사유를 찾는다. 해서 문학은 때로 비현실을 현실인 양 보여주는 상상의 영역도 된다. 거기다 비현실적이라 했던 상상력의 대부분도 시간이 흐르며 현실화되면서 인간이 생각한다는 것, 상상한다는 것은 언젠가 이루어진다는 말이 되고 있다.

오래전에 공상과학 소설이나 만화를 읽었던 아이들이 자라 어린 날 읽었던 그 상상적 이야기를 현실화시켜 내는가 하면 허무맹랑하다고 했던 생각 곧 상상들이 어느 순간 실현이란 이름으로 인류 문명을 놀랄 만큼 변화시켜왔다.

최근은 AI가 화두다. AI가 무엇을 어디까지 얼마나 할 수 있을까도 최대 관심사이고 AI의 지능이 인간의 한계를 넘는 것은 아닐까 우려도 한다. 사람이 몇 년 몇 날 하던 일을 한 시간도 안 되어 해내는가 하면 챗GPT나 딥식DeepSeek에게 질문을 하면 1분 이내에 답을 주기도 한다. 그래도 문학 영역만은 넘보지 못할 것으로 생각했었으나 시나 소설이나 수필 등도 수준급으로 거뜬히 내놓는다. 이러한 때 문학인들은 어떤 마음가짐으로 어떤 문학을 어떻게 해야 할 것인가. AI보다 못한 글을 내놓는다면 참으로 인간의 체면이 말이 아닐 수 있다. AI에게 감성은 없으니 어떤 글도 인간의 글과는 다를 수 있다고 자위를 해봐도 불안한 것은 어쩔 수 없다. 인간의 감성까지도 학습해 버린다면 어쩌겠는가.

인문학은 인간을 위한 학문이다. 인문학人文學은 인간과 인간의 근원 문제, 인간의 사상과 문화를 이해하고 인간의 가치와 자기 표현 능력을 탐구하는 학문으로 줄여서 문학이라고도 한다. 순수인문학을 휴머니티스Humanities라 하는 것도 결국 사람 중심의 학문이기 때문이다. 인문학은 인간의 본질에 대해 사변적이고 비판적이며 또한 분석적으로 접근하여 인간 본질의 정수를 다루는 것을 목표로 한다.

문학과 인문학은 인간의 본질, 감정, 윤리, 사회적 책임에 대한 깊은 통찰을 제공한다. 직접 겪은 자기 경험(체험)을 다채롭게 묘사하면서 내면의 복잡한 감정과 상호작용을 탐구한다. 한데 너무나 빠르게 진화하는 디지털 시대에서 자칫 인간으로서의 정체성을 잃을 수 있다는 우려가 생긴다. 하지만 AI가다 가져도 가질 수 없는 단 한 가지 그것은 바로 인간성일 것이다. 우리 문학은 바로 그 인간성을 기본으로 한다.

문학은 우리가 늘 대하는 낯익은 익숙함과 낯섦 사이에서 그 낯익음과 낯섦을 문학적 낯섦으로 표현해내어 가슴에서 가슴으로 통하는 공감과 감동을 이끌어낸다. 공감이나 감동은 진실에서 온다. 수필은 그 대표적 진실의 문학이다.

사람은 앞모습은 꾸며도 뒷모습은 잘 꾸미지 않는다. 해서 뒷모습의 진실이야말로 꾸밈없는 진정한 진실이라고 한다. 수필은 그렇다면 바로 이런 뒷모습의 문학이다. 꾸밀 수 없는 것일 때 진실은 더 진실답다. 진실이란 빛과 같아서 가둬둘 수 없는 것으로 어느 순간엔건 존재를 드러낸다. 해서 체험의 문학으로 지칭되는 수필을 진실이요 곧 나 자신이다, 라고 하는 것이고 따라서 '글이 곧 사람'이라는 말에 가장 적합한 것이 수필이다.

남춘길 수필가가 《어머니 그림자》 후 두 번째 수필집인 《숨겨진 행복》을 낸다. 남춘길 수필가는 시인이기도 하다. 그는 비교적 늦은 나이에 2010년 계간 《문학나무》를 통해 수필가로 등단하였으며, 《한국크리스천문학》에서 시인으로도 등단했다.

한국크리스천문학가협회 부회장 및 운영이사장, 《크리스천문학 숲》 운영위원, (사) 한국문인협회·(사) 한국수필가협회·송파문인협회와 푸른초장문학회·별빛문학회의 회원으로 활동하고 있으며, 남포교회의 권사이기도 하다. 그동안 수필집《어머니 그림자》와 여류 수필 5인선《감사의 향기로 나를 채우다》를 내었으며, 시집으로《그리움 너머에는》,《노을빛으로 기우는 그림자》를 내었고, 문학상으로 범하문학상, 별가람문학상을 수상했다.

　《숨겨진 행복》은 총 4부로 나뉘어 37편의 작품을 싣고 있다. 수필집《숨겨진 행복》은 남춘길 수필가의 두 번째 수필집으로, 삶의 다양한 경험과 성찰을 통해 독자에게 깊은 감동과 위로를 전한다.
　이 수필집은, 총 4부 중 1부는 '성숙을 향하여'로 성숙을, 2부는 '익어가는 시간으로' 시간의 흐름을, 3부는 '어머니의 뜨락'으로 어머니와의 추억을, 4부는 '살아가는 이야기'로 일상 속 살아가는 이야기를 다룬다. 저자는 수필들을 통해 자신의 삶의 경험을 바탕으로, 작은 것에서 행복을 찾고, 감사의 마음을 잊지 않으려는 노력을 담아내고 있으며, 독실한 크리스천으로 섬김과 봉사의 삶이 생활화되어 있는 결코 AI가 흉내낼 수 없는 아름다운 인간상과 삶을 수필로 구현한다.

　수필은 여느 문학보다 조심스럽다. 내용 하나하나가 나를 벗기는 이야기이기 때문이다. 너무 벗으면 추해지고, 너무 가리면 교만해진다. 이 경계를 어떻게 글쓰기에 도입하느냐가 가장 어려운 숙제다. 가리다 보면 보여줄 게 없어지고, 보여주다 보면 부끄러운 내 모습이 너무 적나라하게 드러나 버리고, 좋은 일이라고 보여주려다 보면 자랑이 되어버린다. 해서 수필은 때로 신앙고백처럼 되어버리기도 하는데 그러면 종교적이라 해서 밀쳐내진다. 참으로 까다로운 문학이 아닐 수 없다. 이런 아슬아슬한 경계와 한계의 문학으로 수필은 진실하고 솔직하게 읽는 이에게 나아가고 다가감으로 가장 인간다운 인간성의 친근한 문학으로 공감과 감동을 확보한다.

2. 드러내고 싶은 것, 숨기고 싶은 것
─왜 〈숨겨진 행복〉인가

남춘길 수필가는 6·25라는 전시의 전후를 살았으면서도 유년기는 비교적 어렵지 않은 시기를 보냈다. 그래서 부모님을 비롯, 모두 나누고 베푸는 삶을 사는 것을 보며 자랐다. 그래서인지 그의 전 생애 삶 또한 나눔과 베풂이 매우 중시되는 삶이 되고 있고 그의 작품마다에서도 그런 성향이 잘 드러나고 있다.

제1부 '성숙을 향하여'에서는 인간관계의 중요성과 소통의 가치를 강조한다. 작가는 〈말 잘하는 사람, 말 잘 들어주는 사람〉

같은 수필을 통해, 상대방을 존중하고 이해하는 것이 얼마나 중요한지를 성찰한다. 특히 상담심리 공부를 통해 얻은 통찰은 독자에게 깊은 공감을 불러일으킨다. 곧 성숙한 인간관계를 통해 진정한 행복을 찾는 과정을 보여준다.

- 말을 많이 한 날은 후회가 많다. 말을 많이 하게 되면 필요한 말 외에 쓸데없는 말을 많이 하게 된다.
- 상담 공부를 하면서 처음 뼈저리게 느낀 것은 젊은 날 이 공부를 했더라면 아이들을 훨씬 잘 키웠을 것이라는 뒤늦은 후회였다. 잘 키운다는 것은 아이들을 사회적으로 성공시킨다는 뜻보다는 아이들도, 엄마인 나도 따스하게 서로를 이해하고 보듬을 줄 아는 행복한 날들을 만드는 것을 의미한다. 처음 해보는 엄마노릇은 서투름뿐이어서 아이들의 의견보다는 내 생각대로 결정하고 행동한 적이 너무 많았다.

―〈말 잘 하는 사람, 말 잘 들어주는 사람〉 중

제2부 '익어가는 시간'에서는 감사의 마음과 배려의 중요성을 강조한다. 저자는 일상 속에서 느끼는 작은 행복들을 통해 삶의 의미를 되새기고 긍정적인 마인드를 심어준다. 〈실수도 공부다〉라는 글에선 자신의 실수를 통해 독자에게 위로와 격려를 주며, 어려운 상황에서도 감사할 수 있는 마음을 갖는 것이 얼마나 중요한지를 일깨운다.

- 얼마 전 야채와 과일을 가득 담고 씻으려는 그릇에 식용유를 들이붓고 말았다. "어머머. 어떡해!" 비명을 질렀지만 색색의 과일과 야채들은 이미 기름으로 오염된 바다에 떠 있는 오물처럼 기름을 뒤집어쓰고 있었다.
- 나의 이런 실수는 나이 탓만도 아닐 것이다. 주의력 부족도 한몫하지 않았을까. 지금까지의 나와는 전혀 다른 허술한 나의 실수는 공부가 되기도 하고 한바탕 웃음을 불러오기도 했다. 똑같은 실수는 하지 않을 터이다.

-〈실수도 공부다〉 중

제3부 '어머니의 뜨락'은 가족의 소중함과 그리움을 표현하는 부로, 어머니와의 추억을 통해 따뜻한 감정을 불러일으킨다. 장독대를 통해 어머니의 사랑과 헌신을 회상하며, 그런 헌신을 통한 가족 간의 유대감이 어떻게 삶의 큰 힘이 되는지를 보여주면서 독자에게 친숙함과 감동을 동시에 선사한다.

- 어머니의 장독대는 보물 창고다. 햇살 바른 뒷마당. 크고 작은 항아리들이 줄지어 서 있다. 반짝반짝 윤나는 항아리들은 배불뚝이 큰형부터 막내 꼬마까지 집안을 지켜내는 용사들처럼 당당하게 자리를 지키고 있다.

-〈어머니의 장독대〉 중

제4부 '살아가는 이야기'에서는 일상 속에서의 작은 사건들을 통해 삶의 의미를 되새기고, 소소한 행복을 찾는 과정을 담고 있다. 저자는 〈들기름 2병의 온기〉와 같은 수필을 통해, 사람과 사람 사이의 관계와 믿음의 일상의 소중함을 강조하며, 작은 것에서 행복을 찾는 공감과 위로로 삶의 다양한 면모를 보여준다.

• 나는 마음만 받겠다고 인사를 전하고는 돌려보낼 생각이었다. 이런 선물을 받을 만큼 큰 도움을 준 것도 아니었기에. 내가 마음만 받겠다며 사양하니 일부러 좋은 들깨를 구입해 방앗간에서 직접 짠 기름이라며 받아달라고 진심을 담아 이야기하였다.

　　　　　　　　　　　　　　　　　　　　—〈들기름 2병의 온기〉 중

이처럼 남춘길 수필가는 삶 속 소소한 것들에서 진정한 감사와 행복을 찾는다. 실수를 통해서도, 나눔을 통해서도, 관계를 통해서도, 추억에서까지도 그는 소소한 행복과 감사의 열매들을 줍는다. 그게 가장 소중한 것, 진실한 것이라고 생각하기 때문이다.

그렇다면 남춘길 수필가가 이 수필집을 통해 더 깊이 말하고자 한 것들은 무엇일까.

1) 주제와 메시지

작가는 "빛을 열어 싹을 틔우고 싶다"라는 표현처럼 비록 시작은 늦었고 때로는 서툴더라도 내면의 혼탁함과 거친 감정을 정화시키고 새로운 시작으로 나아가려는 의지를 보여준다. 이와 함께, 자신의 글이 독자에게 위로와 평안을 전달하기를 바라는 소망으로 인간적인 따뜻함과 연민을 담고 있다.

2) 언어와 표현 기법

글 전체에 흐르는 은유와 상징적 표현은 자연의 이미지(씨앗, 새싹, 연둣빛 바람 등)를 통해 내면의 변화를 시각적으로 드러내며, 감성적 분위기를 형성한다. 특히 "흰눈밭 아래에서도 돋아 오르는 푸른 새싹" 같은 표현은 역경 속에서도 희망을 잃지 않으려는 작가의 의지를 강렬하게 나타내고 있다.

3) 구성과 전개

머리글에서 시작해 개인적인 내면의 고백과 함께, 과거의 글쓰기 경험과 앞으로의 다짐이 자연스럽게 이어진다. 이 과정에서 일종의 자기 다짐과 독자에 대한 격려가 동시에 느껴지며, 독자들이 작가의 심경 변화와 성장 과정을 함께 공유할 수 있게도 한다.

4) 종교적·영적 요소

마지막 문단의 "허락하신 하나님께 감사드린다" 같은 표현은 작가에게 있어 글쓰기와 삶의 여정이 단순한 예술 활동을 넘어서 신성한 은총과 연결되어 있음을 시사한다. 이는 작품 전체에 내포된 겸손과 감사의 마음을 더욱 부각시키며, 독자들에게도 공감과 위로를 전하는 역할을 한다.

5) 따라서 남춘길의 수필들은 단순한 문학적 시도뿐 아니라 인생의 늦은 시기에 접어든 작가가 자신을 격려하고, 동시에 독자들에게도 힘을 주고자 하는 따뜻한 메시지를 담고 있다.

서툴고 미숙하다고 고백하는 동시에, 그러한 불완전함 속에서도 성장과 가능성을 믿는 긍정적인 태도로 인상적이게 한다. 이는 전반적으로 개인적 고백과 희망의 메시지를 감성적이고 은유적인 언어로 풀어내어 독자들로 하여금 스스로의 내면을 돌아보게 만드는 힘이 있는 것으로, 다소 서툴게 느껴질 수 있는 부분조차 오히려 진솔함으로 독자와의 친밀한 소통을 이끌어낸다. 그렇게 남춘길만의 "성숙한 문학"을 보여주고 있다.

3. 무엇이, 어떤 것이 숨겨진 행복의 성숙한 문학으로
   나타나는가

남춘길의 수필은 작가의 경험과 사유를 바탕으로 한 깊은 성찰을 담고 있다. 이는 작가의 내면을 탐구하고 삶의 본질을 고민하는 과정에서 나오며, 성숙한 사고를 말한다.

> 이전에는 평범하고 소소한 일상을 당연한 것으로 여기며 살아왔었다. 언제라도 만나고 싶은 이들을 만날 수 있고 가고자 했던 곳을 갈 수 있었던 날들. 주일이면 당연히 교회에 출석해 예배를 드리던 일상이 얼마나 은혜롭고 행복했던 날들이었나를 코로나 덕분에 뼈저리게 느끼게 된 것이다.
> 2년 이상 갇혀진 상태로 지내온 생활을 '코로나 때문에'라는 불만 대신 '코로나 덕분에' 감사의 폭이 넓어지고 깊어진 것을 애써 되짚어 보는 요즈음의 일상이다.
>
> ─〈'때문에'와 '덕분에'〉중

닥친 어려움조차도 스스로를 연단한다는 성숙한 삶의 자세를 취한다. 왜 나만? 하는 부정적 불평의 생각보다 내게 이른 이 상황을 하나님께서 나를 성숙시키는 계기로 만드심을 믿는 믿음의 희망적 사고思考를 펼친다.

뿐만 아니라 남춘길의 수필은 작가의 다양한 인생 경험을 바탕으로 쓰여졌다. 이러한 경험들은 시간과 노력을 통해 축적되며, 성숙한 관점에서 해석되고 표현된 것이다.

경기도 양주에 있는 시골집을 가기 위해서는 상계동 고갯길을 넘어 수락산을 향하여 가야만 하였다. 아마 그 길이 의정부 쪽으로 가는 길이었던 것 같다. 그때 이미 멀리서 폭격 소리도 들려왔고 하늘에는 B29가 날카로운 굉음을 내며 날고 있었다. 언니가 13살, 동생이 7살이었다. 할머니는 비행기가 지나갈 때마다 우리들을 감싸안고 수시로 두 손을 모아 "어린 것들, 무사하게 하소서." 하며 빌고 계셨다. 인적이 드문 산속 고갯길에는 산딸기가 붉게 지천으로 익어 있었다. 생전 처음 본 빨갛게 익은 산딸기는 꽃보다 더 예쁘고 기막히게 맛이 있었다. 피란길의 두려움을 잊을 만큼…. 그 후로도 오랫동안 피란길 꿈속에서는 늘 붉게 익은 산딸기가 있었다.

ㅡ〈6.25의 추억〉 중

6·25라는 다시는 생각조차 하기 싫은 인생경험이지만 그런 순간에도 자식과 가족을 위해 기도하고 헌신하던 어른들을 기억하며 그분들이 계셨기에 불안과 공포, 절망 가운데서도 기막히게 맛이 있던 붉게 익은 산딸기의 기억을 가질 수 있지 않았을까.

남춘길의 수필은 작가의 세계관과 철학을 담고 있다. 이는 삶에 대한 깊은 이해와 통찰을 통해 형성되며, 성숙한 사고를 반영한다.

내가 진심을 가득 담아 가장 힘찬 응원과 격려를 보냈던 사람은 한쪽 다리로 살아가는 54세의 연택 씨였다. 그는 4세 때 교통사고를 당해 목숨은 간신히 건졌지만 왼쪽 골반 아래를 절단해야만 했다. 그의 부모님은 마음의 병 때문이었는지 의족을 한 채로 성장하는 아들을 보살펴 주지 못한 채 일찍 세상을 떠났다고 했다. 슬픔을 지닌 채 성장한 소년은 특별한 음색의 목소리로 노래에 의지해 착하게 성장했다. 생계가 막막했으나 성실하고 착한 성품으로 주위의 도움도 받고, 뛰어난 노래 실력으로 라이브 무대에도 서게 되었다. 자신의 노래를 좋아하는 사람들이 많아지면서 그는 봉사로 시선을 돌렸다. 외롭고 지친 노인들을 위해서 요양원 봉사를 9년째 하고 있는 따뜻한 영혼을 지닌 사람이었다.
불구의 연택 씨가 어떻게 세상을 살아냈을까?
세상과의 대화에 서툴어 단절된 상황에서 비명조차 지르지 못하고 캄캄한 절망 속에서 허덕이며 지낸 시간도 많았을 것이다. 그를 일으켜 세운 건 좋아하는 노래, 그리고 격려와 사랑으로 용기를 준 그를 아끼는 사람들이 있었기 때문이었을 것이다. 또한 자신보다 더 외로운 노인과 이웃을 위해 봉사한 긍정의 에너지가 뿌리가 되어 힘을 낼 수 있었던 것이다.

드디어 의족의 연택 씨는 5승을 거둠으로써 가수의 길이 열렸다. 이른 아침 집이 떠나갈 만큼 나는 오랫동안 박수를 보냈다. 그동안 익힌 한쪽 다리 자전거로 전국을 누비며 하는 모금도 힘을 받을 것이다. 작곡가에게 자신만의 곡도 받을 것이다. 한쪽 다리의 자신도 이렇게 꿈을 이루었는데 절망하지 말고 노력하기를 당부하는 그의 표정에서 사소한 절망은 부끄러움이 되리라는 소중한 교훈을 깨닫게 된 시간이었다.

　　　　　　　　　　　　−〈응원합니다, 그대들의 재능과 노력을〉 중

　어려움을 당한 사람에게 연민과 사랑을 느낀다는 것은 내 처지보다 못한 사람을 깔보고 비웃는 것과는 완전히 다른 보아줌이요 보여줌이다. 저런 어려움을 어떻게 이겨내고 이만큼의 여기까지라도 왔을까를 생각하며 그 장함을 응원하고 박수를 치는 남춘길은 내가 속한 이곳이 곧 세계이고 내가 갖는 생각이 모두가 함께 살아가는 철학이라고 생각한다. 가장 한국적인 것이 가장 세계적이라는 말처럼 지금 이곳 내 생각이 곧 세계요 삶의 중심이라는 성숙한 사고인 것이다. 따라서 수필은 마음의 글이다. 가슴의 글이다. 결코 머리로 이해하는 글이 아니다. 가슴 가득 품을 수 있는 서사로 공감과 감동을 공유하는 문학이다. 하니 〈응원합니다, 그대들의 재능과 노력을〉은 가장 남춘길다운 글일 수 있다. 그의 사랑, 그의 신앙, 그의 정서는 이렇게 남의 아픔에는 함께 아파하고 남의 기쁨에는 더 기뻐하는 지극히 인간적인 삶의 향기를 인향人좁으로 풍겨낸다. 수필이 다른 문학보다 더 다사로운 문학이 되는 것은 바로 이런 진정한 삶의 냄새가 진실이라는 이름으로 나눠지고 풍겨지는 문학이기 때문이다.

그런 향기는 〈배려〉에서도 나타난다.

6·25전쟁 후 살아가는 모습이 궁핍하기 이를 데 없던 시절, "엄마는 왜 아무나 방엘 들이고 그래." 내가 볼멘소리를 하면 "시래기죽이라도 나눠 먹어야지. 배고픈 서러움처럼 큰 것이 없느니." 하셨다.　　　　　　　　　　　　　　　－〈배려〉 중

남춘길의 수필은 형식에 구애받지 않고 자유롭게 쓰인 글들이다. 이는 작가가 자신의 생각과 감정을 자연스럽게 표현한 것인데 이 또한 성숙한 작가만이 효과적으로 할 수 있는 글쓰기다.

예약 시간은 차츰차츰 다가오는데 환장할 노릇이었다. 당황하면 있던 자리에 있는 물건도 눈에 안 보였던 경험이 있기에 숨을 고르고 찬찬히 생각해 보니 병원 가는 길에 마스크를 사기 위해 약국에 들른 생각이 났다. '약국에서 폰 지갑 속에 꽂아 놓았던 주민등록증을 꺼냈었지.' 생각이 미치자 등에 흐르던 진땀이 진정되는 듯했다. 약국으로 달려가기 위해

현관문을 열고 나서다가 어깨에 메고 있던 가방을 열어보니 가방 안에 폰이 얌전하게 앉아 있는 것이 아닌가. 내가 가지고 있던 가방 안에 있는 폰을 진땀나게 찾은 내 모습은 영락없이 '업은 애기 삼 년 찾은 격'이다. 단 몇 분 동안이지만 땀으로 젖은 모습을 내려다보니 신발을 벗지도 않고 온 집 안을 휘젓고 다닌 꼴이다. 가방 안의 폰을 넣던 자리에 넣지 않은 것이 실수였다. 건망증도 조심하면 실수를 막을 수 있고, 물건은 반드시 제자리에 놓아야 한다는 교훈을 일깨워 준 시간이었다.

—〈건망증〉 중

당황하면 하지 않을 실수도 하게 되는 것이 인간이다. 전화를 하면서도 전화기를 찾는 웃픈 일이 어찌 누구에게만 있는 일이겠는가. 남춘길은 이처럼 자신의 실수나 부족함도 숨기지 않고 특별히 형식에 구애받지 않으면서 자신의 이야기를 지극히 진솔하게 써낸다. '환장할 노릇이었다'처럼 자신의 생각을 여과 없이 드러내기도 한다. 그런 게 오히려 신선하게 다가온다.

남춘길의 수필은 독자와의 공감을 중요시한다. 작가는 자신의 경험과 생각을 통해 독자와 소통하고자 하며, 이 또한 성숙한 이해와 공감 능력이다.

흰 눈이 내려 소복소복 쌓이던 날, 잔디밭 나뭇가지 위에 눈에 익은 장갑 한 짝이 듬성듬성 눈을 뒤집어쓴 채 누워 있었다.

"어머, 어머, 내 장갑!"

나는 값비싼 보석이라도 발견한 듯 소리 지르며 눈 덮인 장갑을 주워들었다.

도대체 어디에서 헤매며 나를 찾고 있었을까!

누군가의 발끝에 차여 쓰레기통 신세를 면하고 나무 위에 던져져 나보다 더 나를 그리워하며 찾고 있지 않았을까?

—〈장갑 한 짝〉 중

내가 잃어버린 장갑 한 짝 이야기를 누가 신경이나 쓰겠는가마는 남춘길은 이런 자신의 소소한 이야기까지도 식상하지 않게 독자와 두런두런 이야기하듯 소통하려 하며 그것은 곧 공감이 된다. 이는 남춘길만의 공감능력이다.

이처럼 남춘길의 수필은 성숙한 사고와 경험을 바탕으로 한 문학으로 가히 '성숙의 문학'이라 할 수 있다.

4. 나가며

앞에서도 말했듯 세상이 너무나도 빠르게 변하고 있다. 어느 정도 나이가 든 세대들은 그런 변화 앞에서 미리 주눅이

들거나 절망하고 포기하고 의욕을 상실할 만하다. 그러나 남춘길 수필가의 연령대를 산 사람들에겐 오히려 불가능이란 말이 없었다. 어떤 불가능도 가능케 해야만 할 책임을 져야만 했다. 포기할 수도 없는 그 시대의 그 힘의 결과가 우리가 사는 오늘 현대이다. 그런데도 새삼 새로운 눈부신 시대 앞에서 작아져 버리는 지난날들이 너무 안타깝고 서글퍼진다. 맨발로 눈길을 헤쳐 온 오래전 아픈 추억 같은, 그리워하기에도 가슴 아픈 지나온 날들이 언제 그랬느냐고, 언제 그런 수고를 했었느냐는 무시 앞에 오금도 못 펴는 안타까움으로 가슴만 앓기 때문이다.

남춘길의 세상을 보는 눈은 긍정적이고 생산적이고 더러는 철학적이다. 해서 '성숙의 그릇은 채움이 아니고 비움'이라고 보고 '허기진 응달로 찾아든 한 줄기 햇살'로도 본다. 그렇기에 그가 보는 삶의 길도 세상의 모든 것이 그렇듯 서리꽃이 한 줄기 햇살에 스러지기 전 수정 같은 영롱함으로 길을 떠난다고 본다. 그래서 지난날의 추억은 아픔까지도 살가운 그림이 되어 숨겨놓은 그리움이 된다. 거기에 삶의 저금통에 모아진 시간들을 언제나 필요할 때 꺼내쓰는 나만의 시간은행으로 남춘길은 그렇게 삶의 매 순간을 보다 아름답고 의미 있는 일을 위해 쓰고자 한다.

표제작 〈숨겨진 행복〉에선 '주어진 내 몫의 삶에서 행복을 찾아가는 것, 알아가는 것이 행복의 참뜻이라고 깨닫는 시간이었다. 많은 것을 갖지 못했어도, 특별히 신나는 일이 없어도 비교의 늪에 빠지지만 않는다면 평범하고 소박한 일상이 주는 감사함이 곧 행복이라는 걸 알게 되었다.'고 하면서 큰아이가 초등학교에 입학하던 날 온몸에 전율이 일만큼 감격스러웠다고 했다. 그런 순간순간이 곧 행복이라는 것을 그때는 몰랐었는데 나이가 들고 믿음이 자라면서 그렇게 감사할 줄 아는 영혼만이 행복의 향기도 마실 수 있다는 사실을 알게 되었다고 한다. 그러면서 '행복을 느낄 수 있는 것도 능력'이며 감사할 줄 아는 영혼을 지녀야만 행복할 수도 있는 것으로 흐르는 물처럼 마음을 비울 때 감사 속에 숨겨져 있는 행복도 찾아낼 수 있다고 했다. 그는 또한 조그만 일에도 감사하는 마음을 가질 때 행복을 쌓아가는 길이 된다고 했다.

따라서 남춘길 수필가의 수필집 《숨겨진 행복》은 삶의 깊이와 의미를 탐구하는 수필집으로, 독자에게 감동과 성찰을 안겨주는데 곧 자신의 경험을 통해 작은 행복을 발견하고, 가족과의 소중한 관계를 되새기게 하는 데 큰 역할을 한다. 이 책은 현대 사회에서 잊혀져 가는 소중한 가치들을 다시금 일깨워 주며, 독자에게는 긍정적인 에너지를 불어넣는 작품이다.

이처럼 남춘길의 글들은 따뜻하고 희망적이며, 독자에게 위로와 격려를 주는 힘이 강하다. 이러한 점에서 《숨겨진 행복》은 단순한 수필집을 넘어, 삶의 소중한 작은 행복들을 찾아서 삶의 지혜와 감동을 전하는 소중한 작품으로 기억될 수 있을 것이다.

늘 소녀적 감성을 지니고 신앙과 문학을 하나로 아우르며 삶을 나보다도 모두의 행복한 삶으로 추스르려는 남춘길의 수필들이기에 글 속에서도 향기가 피어오르고 있는 것이리라.

나이가 들고 믿음이 자라면서

감사할 줄 아는 영혼만이

행복의 향기도 마실 수 있다는 사실을

터득했다.